老派少女購物路線

洪愛珠

目次

●輯二 粥麵粉飯

●輯三 明亮的宴席

讀《老派少女購物路線》有感

舒國治

我甚少為出書寫序。

甚少為人，也甚少為己。

遠流編輯寄來書稿，一看作者，洪愛珠，她不是做設計的嗎？怎麼也寫書了？本想擱個幾天、翻上幾頁，然後找個理由推掉。

不想幾頁翻過，竟然直往下看。一下看了幾十頁，心中生出一念：「待書出了，我要買一、二十本送人！」

最先想到要送的，是侯孝賢導演。他愛拍大家庭圍桌吃飯。並且侯導絕對樂意享受日常飯菜的氣息。而這本書，奇怪，充滿了台灣的「家居吃飯史」。再來，這本書流露了簡單又平靜的鏡頭。於是，侯導也或許可以倚在牆邊，平靜的看上一眼別人家平淡的擺鏡角度。

再想送的，是關傳雍。他是近八十歲的室內設計大師，每一兩天還自己做點吃的。固然是餵飽肚子，但同時在弄菜時還可享受一點創作。他小時家中吃的是安徽菜，在國外時學做了西菜，而他近二十年似乎對東南亞的「露天版吃飯法」（我用的比喻字）極有興趣；洪愛珠書中講泰國菜、馬華潮汕菜、香料搗缽，皆是關哥最愛的廚房「家家酒」。我一定要送他這書。

還要送給何奕佳。她愛台灣老家庭菜。她素知有些家族富裕了，吃的還是祖母曾祖母農業社會年代的圍桌飯菜，只是自此做得更精美豐備罷了。她主持的「山海樓」，或許可以參酌洪媽媽的某些老料理。比方說，羊肉湯裡那一截甘蔗頭？

也要送一本給徐仲。他每天都在考察食材，也要和他顧問的「欣葉」廚師們討論菜色。洪愛珠的「滷肉」，大夥也可討論討論。

也送一本給王嘉平。他平日做義大利菜，但從 Solo Pasta 脫下圍裙，常想的，是台菜。我有一次和他閒聊：滷肉飯的滷肉是紅燒，可不可以做成白燒？我又說：「改天到我家，車子在樓下暫停，快速吃一碗白燒的滷肉飯，然後下樓出門！」洪愛珠這本書，嘉平絕對派得上用場。

哇，可送的人太多了。

日本的是枝裕和導演，最喜凝視侯孝賢電影。他早些年的《橫山家之味》，婆媳一起在廚房做菜，鏡頭美矣，情景郁矣；台灣家庭飯桌，何嘗遜色？然不多見諸筆墨。這本《老派少女購物路線》，是寫台灣家中飯桌菜極好極動人的一本書。

洪愛珠這本書，說是寫吃飯，也更是寫家人。說是寫飲食的審美，也更是寫人生的句點逗點。說是寫世道家園風俗之返視，也更是寫自己懷親從而修心養愛的過程。

國人做菜，太多家庭皆知煮茶葉蛋要敲出冰裂紋，然甚少人費事下筆。洪愛珠不但做茶葉蛋，也將之寫出。此何者也？便爲了卽吃飯亦不忘審美也。不只冰裂紋的形美，是冰裂紋而得獲之入味美也。

她曾寫蔥油餅，「我們小手在麵皮上將豬脂、鹽和蔥花勻開來……」寫得短長恰宜，寫出了家中吃東西的不窄，也寫出蕙心繡手的媽媽之高才卻只靜守自家那種時代的愁韻。

愛做菜、愛吃的人有一通態：卽樂意做別的省分的菜，當然也樂意吃別省菜。故本省人不介意做干煸四季豆、宮保雞丁；香港人不介意做粉蒸排骨；外省人不介意做鹹蜆仔，更是嗜吃粉肝、涼筍；並且，所有的華人都樂意做義大利麵。洪愛珠的家庭看來是吃的一個好家族，在這樣的情境中成長，根本天生就可以是吃的鑑賞家。更別說也樂意是吃的「施工者」。

這樣的人，做任何的創作皆有可能得臻高境。

然我似有一印象，她的工作是美術設計。並沒有去寫作。

本書中她寫了那麼多食事……想起一事：早知她寫得好，四年前我打算停寫高鐵小吃專欄，編輯問，可否推薦幾位年輕寫吃人，若早識她筆健如此，便能舉薦她也！

坊間食譜，寫得好的，不多。而洪愛珠極適合寫食譜。又想及一事。

六十年代，一本叫《台灣家庭料理》的書，作者是台南的黃李秀賢女士，是三一幼稚園的園長，亦是烹飪老師，當然也是料理高手。不僅會做台菜，也會做大江南北菜。她若晚幾十年出書，若能央得洪愛珠這樣懂欣賞菜、愛窺看媽媽燒菜、愛描述廚房瑣事並要事的寫作人來撰寫食譜，書中滋味，或就更香美了。搞不好當年還可以和傅培梅一樣紅呢！

當然，洪愛珠不只是寫吃寫得好，她是——寫得好。她寫美空雲雀唱歌，「聲音絨厚，卻含著鹽粒……」她寫空的茶盒，「世人有時輕看物質，不知道人生難料，須有舊物相伴……」她寫洗芫荽根，「指甲刮除泥塵，露出牙白色的根部，此時幽香縷縷，是洗菜時獨享的禮物。」她寫前人留下的燒菜法，「以後長路走遠，恐怕前後無人，把一道家常菜反覆練熟，隨身攜帶，是自保的手段。」寫食材的計量，「磨點薑泥……至多一個刀尖的分量，太多就奪味。」寫吃麵與覘人，「憑藉吃麵，看清彼此的參差……見識過不少感情成災的事，是從生活裡的碎石細沙開始崩塌的……」

固然我甚少留心外間寫作的新秀，其實是孤陋寡聞；而今一讀洪愛珠文字，顯然不是這一兩年才起手寫作。眞不愧在美術工作之餘還有恁深的鑽浸。抑是寫作才是她心底深處的手藝，美術設計只是工作上的幌子？

她的行文路數，武林各高明門派，看來也多參酌。像以下這幾句，有一襲港粵筆墨：「每天清晨『煲』粥……」「骨頭則『飛水』後熬成雞湯……」「不時攪拌，以免『黐』底……」

另外，行文似乎對老民國腔氣頗有鍾情，「……計兩百三十步。因此今要給大家講講本地，講的是我家對面的蘆洲。」依稀有沈從文、胡蘭成筆意。

說到蘆洲。看她這本書，儼然便是蘆洲的文化大使。看官我且試著問問你：看了這書前段，有沒有想馬上就奔去蘆洲吃他一碗切仔麵、繞一繞湧蓮寺？這就像如果六十年代七等生在寫小說之外，寫一本兩、三萬字長的小鎮通霄往事，便會不自禁就達成通霄的文化大使之身分也說不定。

不說文化大使，只說食材大使，她也夠資格！像說到煮飯，她說得特別恰如其分的好：「毋需迷信雜誌上這土鍋那土鍋的……」她又道：「蒸氣消弱，聲音靜下來，飯香流瀉即熄火……水分蒸乾，米粒發亮即止。接下來任何人拿刀架著脖子，也不掀蓋……」「我以為在直火上將生米煮成熟飯，是一生受用的技能，最好連兒童都盡早學會。」

須知台灣是坊間餐肆最不重視煮飯的地方。而洪愛珠寫吃竟耗上極多篇幅談米、談飯、談鍋子、談粽子包法、談腸粉，可見她對家常吃食最願寄情深重，而毫無沾染動不動米其林米其林的惡習。又她細寫家中事，卻不在字裡行間悄悄炫耀家世（君不見多少作家動不動提起家中豪宴、說佛跳牆云云……），可見出她的空曠胸懷。

或也就是這虛心，令她大器晚出。這虛心，多半來自家教。

而這種家教，會引導小孩別太愛出鋒頭，甚至在等待姻緣時，不可過度「搶戲」。

那麼如果一個女孩生得端莊，端莊到有點古板、有點不會散灑風情，那她的姻緣何妨耐心緩等。

這種「急不得」哲學，在台灣最是珍貴。女看官亦可自問，「我是不是做得到『急不得』？」如是，那人生搞不好另有一番日後好風景。

所以書名雖叫購物路線，也其實是少女成長路數。她寫購物路線，其實幫你們恁多讀此書的女娃兒點出了有志氣女子大可信心滿滿過篤定日子也。

序

用一碗魚丸湯來換

馬世芳

逝者已矣，青春不可追。於是，重建記憶的味道，工筆細細記下，就成了招魂的儀式。

我想用一碗魚丸湯，來換洪愛珠的這些故事——其實這些故事豈能輕易換得？作個引子罷了。

當我還是小孩的時候，世界上最美味的食物，是牯嶺街一間小麵店的福州魚丸。

吃魚丸湯，從來都是舅舅帶我去。外公外婆生二女一男，長女是我娘，長子是舅舅。舅舅生活不算穩定，總教外公外婆發愁。每次他回外公家，二老總有苦口婆心一番訓勉。我猜，帶我出門晃晃，也是他暫時躲一躲，喘口氣的藉口。外公外婆是蘇州人，度日豐儉不論，點心終歸要吃的。我亦極得長輩疼，舅舅要帶我出去吃點心，外公不會阻止——外公早年曾經替人做保揹了債，頗有一段辛苦日子，母親卻記得，即使最拮据的時候，一家人還是要吃點心：一顆蛋攤成蛋皮，灑點兒白糖，捲起切段，全家分食。

外公家是一幢二十來坪的日式小屋，曾經住了三代七、八口人。外曾祖母，我們叫她「老太太」，纏過足，一輩子只會說蘇州話，卻能和家裡幫傭的說台語的阿利婆溝通。阿利婆從老太太那兒學會一手厲害的江浙菜功夫，台菜也做得極好——她在外公家工作幾十年，照顧了我們一家四代人。阿利婆的珍珠丸子和瓜仔肉，就是我對所謂「美食」的記憶原點，不過那是另外的故事了。

我坐在玄關的梯級，穿上小朋友的鞋，推開紗門，走出小小的院子。舅舅已經打開綠漆白條的木門，在外面等我了。其實去吃趟魚丸，來回腳程不過十來分鐘，對我來說，卻也有小旅行的心情。

我和舅舅從外公家出發，牯嶺街幾乎都還是平房，太陽曬在矮牆上，金燦一片。我瞇起眼睛，抬頭四顧，舅舅停下腳步，催我跟上。他是個口拙的人，每次講笑話逗我開心，我都不知道該不該笑。他總會在路上問我：「等一下要不要多吃一碗？」我其實很想說要，卻總是矜持搖頭。

啊，一口氣吃兩碗福州魚丸湯，是我始終沒有實現的，豪奢的童年夢想。

我們會先經過幾家舊書攤，廈門街到牯嶺街六十巷口，依著矮牆一整排鬱鬱蔥蔥的大榕樹，院落裡枝葉掩映的老宅曾經住過哲學家方東美，隔壁便是台大校長官舍。龐巨的樹蔭遮著那段紅磚路，終日陰涼，不見天日——多年後，那風景仍不時出現在我夢裡。

過福州街，再走幾步路，就是魚丸店。我總以爲是他們發明的「福州魚丸」，誰叫它就在福州街口呢？

因爲是點心而非正餐，我們從來不吃麵，不要小菜，只點兩碗魚丸湯。一勺冒氣的大骨湯，兩粒很大的魚丸，幾星芹菜末，浮在磕破了口子的淺淺瓷碗裡。舅舅會拿白胡椒來灑，我不要。平底鐵湯匙舀一粒魚丸，匙底帶點湯，吹一吹，咬一口，魚丸糯韌，肉餡湯汁在口中爆開。我很珍惜地吃，可畢竟只有兩粒，一下就吃光了。

這時候，才看到碗底畫著一尾蝦。蝦身飽滿，弓著朱紅的身子，兩條長鬚很瀟灑地撇出去再彎回來，隨著清湯的折射晃呀晃。湯很燙，慢慢喝。喝完再看，那隻蝦竟變小了。

後來我翻父親的水墨畫冊，也看到了很瀟灑的蝦。於是自作聰明，以爲瓷碗底畫著一隻蝦的，都是齊白石。

望著空空的瓷碗，恨不能再續一碗。舅舅付了帳（兩碗十塊錢），我們慢慢踱回家，太陽比剛才又斜了一點，路上交錯的光影更深更濃了。

外公家客廳彩色電視機播著楊麗花歌仔戲，音量開得很大。阿利婆一面在廚房燒菜，一面聽戲，滿屋子飯菜香。情節到關鍵處，阿利婆會撇下做到一半的菜，到客廳站著看一下電視，再回廚房忙。

晚飯做好了。阿利婆高聲喊我的小名：「小球來，你上愛食的瓜仔肉！」我很高興剛才沒有多要一碗魚丸湯，等下可以多扒一碗飯。

牯嶺街七十八號的老屋，如今片瓦無存，只剩隔壁樓房牆面山形屋頂的遺痕。老太太、外公、外婆、阿利婆，都做仙去了。舅舅移民加拿大多年，人生顛沛曲折，我們很多年沒有見面。

牯嶺街賣福州魚丸的麵店，至今仍在。是不是舅舅帶我去的同一家，已經無從考證。我家冷凍庫倒是常常備著一斤東門市場「義芳」的包餡福州魚丸，不過，一口氣吃四粒這樣的事情，至今不曾做過。

若非讀了洪愛珠從她自小浸潤的蘆洲、大稻埕出發，織出一部魂牽夢縈的思念之書，我大概也不會憶起那碗牯嶺街的魚丸湯——我很想說：那樣的魚丸湯再也沒有了，但那樣未免誇大不實：起碼「義芳」的福州魚丸，老實說，未必輸給記憶中那一碗。

然而畢竟幼時的我，瞇著眼睛看過七〇年代的太陽，端過那只磕破了口子，畫著一隻不是齊白石的蝦的瓷碗——而讓我們魂牽夢縈，後來再也沒有了的，永遠是一些其他的東西。

推薦

滷肉的時間感

蔡珠兒

洪愛珠的文章，之前零散看過，舒徐淡定，見解獨到，讀之亮眼，已知身手不凡。如今織錦爲帛，纂結成書，更見風格渾成，秀異特出，我有幸先得書稿，兩天就津津讀完，目睹新星燁燁放光，高興又喜歡。

常人寫吃食器物，多是定格近拍，濃筆重墨，特寫細描，務求纖毫畢現，活色生香，但貼得近，盯得緊，不免就成鬥雞眼，焦距緊張目光短淺。然而愛珠不這樣寫，讀此書的第一個好處，就是明目益智，令人視野寬宏。

你看她喝蔗汁，旁及啃蔗社會史；吃白粥，講小菜也看神態，進而遠眺生命流轉，端詳最初與最終的孱弱時光。講切麵，不只看湯頭和煮內臟，還有「油成一種境界」的地板，伏筆是跟誰吃，觀點是麵與人。她的器物食味，絕不單薄孤立，必有氛圍脈絡，故事人情，形成格局體系。

第二個好處，也是他人最難企及的強項，是滄桑的時間感。愛珠文風的溫潤典雅，固然與家族根柢、薰陶養成有關，然其深邃幽微，則源於今昔對照，悼亡感傷，「母後」是感情結構的關鍵字，往日習焉不察的吃食烹煮，瑣物細節，經過回憶重建，展現普魯斯特式的瞬間（Proustian moment），纏綿悠長。

時間是「躡步之賊」，磨損人事戕害至愛，卻也因爲對比反差，構成暗影，拉出深度。戀舊感傷，雖是書寫食味的常見調料，可喜的是愛珠不落俗，不耽溺，能把濕黏厚重的悲痛，寫得乾爽透氣，乃至敻遠蒼涼，譬如講三代母女諸事，視角驟然推遠拔高，「長長的百年的大街上，四顧僅餘我一人。」清淡如斯，力道卻深達肺腑。

第三個好處是文字，閒散跌宕，文白相間，頗有舒（國治）式風味，而雅雋洗鍊，又有點像晚明的張岱。只見她搖曳生姿，兩三筆閒閒勾描，已然神完氣足，肉粽芋棗滾熱噴香，銅勺鐵鍋鏗鏘作響，店主闆娘容顏舉止，無不活跳跳，讀來快意暢爽。

愛珠的文體有空氣感，寬柔到近乎鬆軟，卻又敘事嚴謹，視角精確，用現代話說，就是資訊含量高，經驗值強大。身爲愛煮同好，我讀她寫炸物、滷肉、蒸冬瓜肉餅，甚至家常煲粥煮飯，都見到撇步眉角，輕柔的字裡行間，暗藏殺手招式，看懂的就知道，都是硬實功底。

此書佳妙，好處不能盡錄，我只講這三樣，其他的還多著，你自己去看吧。是以為薦。

輯一

老派少女

飲食與購物路線

小廚情物

搬進新家，覺得廚房眞是小。

一字型廚房，除去爐火水槽，僅餘一截四十公分台面，使用時常感侷促，備料搬來挪去。但多小都是好的，是自己的。女子有了專屬的廚房，便是當家做主了，決定吃或不吃什麼，是自己給自己做主。

從老家遷出時倉促，新家空盪，空屋裡僅鋪木地板和燈，未置一件家具，唯廚房早已在那裡。帶來馬克杯一只，與老友相贈的煮水壺。龍頭連續開上幾分鐘，洩去管內發黃陳水，取淨水滾沸，沖紅茶，放一點糖塊與牛乳。

就地坐下，抿著茶喝，定神看景觀窗外夜色濃，防汛堤防裡不見人，水澤和蘆葦都黑深深的。而屋內黃暖，新漆氣味清涼而幽靜，想我這就是獨居了，成了自擁廚房的女子。

——

人都要經過不只一個廚房的，因爲遷徙、改建或者婚嫁，從一個廚房離開，到另一個。

童年反而是在偌大的廚房長大。城郊自建的透天屋舍，外婆當家時期，幾個舅舅住家一樓都是公共區域，家族開飯，在開放式廚房和大飯廳，一餐燒上十數個菜。外婆且在二舅舅家，加蓋磚砌大灶，架上生鐵大黑鍋，蒸一堆粽子、幾十隻毛蟹、巨量米粉，冬日裡燒老薑糯米鴨全家進補。三代人哄嚷吃飯都是十多年前往事，想起來仍鮮明如蒸煙，開鍋時團團籠上來，半空中絲絲逸散掉。

媽媽的廚房，則是西式廚房，用當時的話講，配備「歐化系統式廚具」。新廚具用掉一筆大錢，有淺灰色美耐板門片，和日本進口的爐連烤灶台，寄存著年輕媽媽的願景。

這個廚房是家中之家。除流理台，另有小方桌一張。童年時我和弟弟每天在小方桌上吃早餐和點心，夏季喝洛神花茶、愛玉、銀耳蓮子，冬季有花生湯或熱米漿，點心皆是從搓愛玉泡花生做起的。家中飯廳有張可坐十個人的紅木大圓桌，但那是晚餐和宴客時才用，我們不愛，時常賴在廚房裡的小桌上，總之，賴在我媽身邊。

媽媽來自商人家庭，少女時期每天張羅八十位員工的團膳，家中且大小宴席不斷，有小餐館規模，因此手藝高，具觀賞娛樂效果。我們崇拜她，看她刀工如特技，將極細的薑絲、勻薄的蘿蔔片連續地翻出來，甩鍋精準，熱炒神速。

大家族共餐規矩多，媽媽又嚴格，我自小椅面僅能坐三分，長輩面前嗜好的菜色也不能多取。但回到我媽的廚房裡，想吃的食物只要許願，全部能得。因此媽媽儘管八點就得上班，但常常清晨天沒開便起床熬雞湯、熬香菇糙米粥。假日也早起，在廚房台面上布置十多個小碟，裝上火腿丁、青椒絲、玉米等材料，讓我和弟弟疊放在吐司麵包上。吐司抹上番茄糊、鋪滿乳酪、放入烤箱裡烘，就有一種洋人 pizza 的意象，八〇年代台灣，這算是異國情調。

有時候小孩也幫手，媽媽順便教點訣竅。比如煮豆漿，湯勺輕刮過鍋底角落才不焦鍋；做蔥油餅，讓我們小手在麵皮上將豬脂、鹽和蔥花勻開來；燉茶葉蛋，以筷子磕破煮熟的蛋殼，色痕若要好看，手指捏筷尖上，筷頭往蛋殼彈擊，軟力中帶點巧勁，才敲出勻如青瓷上冰裂紋，乃可食用美。

廚房裡吃著玩著我就大了，我媽也老了。重度使用二十餘年的櫥櫃破舊，五金壞損門片不時垮下來，瓦斯爐點火器停產，只能以打火機點火。我媽儉省自己服務他人的歷史太長，老拖著不換，直到自己生病，我提議重修廚房吧，她才勉強同意。

好友的媽媽是資深室內設計師，以婦女對婦女的會意，為我媽設計了很好看又好使、兼大量收納的新廚房。完工後我們將新廚房的燈點亮，一抽一櫃打開來向媽媽獻寶，她縱使虛弱，眼底仍燃起光來。可惜媽媽與新廚房緣分不深，幾個月後過世，廚房裡沒有過幾次因她而起的炊煙。

——

我媽不在，但是母女倆的廚房光陰，仍寄居在整批瓷光暗淡的碗碟上。我繼承這些廚房遺產，搬到新家繼續使用。

首先是我媽的砂鍋。這支砂鍋無名姓，並不來自什麼知名窯場，蓋上有竹葉圖案，底面有「耐熱鍋」字樣，是台灣本土出品。到底在家裡多少年也記不起。

鍋底燻黑一片，能看見一劃明顯的裂痕，記得是空鍋燒久，哐一聲裂了。我媽頗懊惱，後來竟找到專人修補，傷兵歸隊後一直用到今天。我拿這支鍋來煮火鍋，煲白粥，燒臘味飯。用畢清洗，見它累累傷痕，生出一種和老隊友加班到深夜的寂寞溫馨之感。

日常做飯的鐵鍋之中，有一支生鐵鍋，是與媽媽最後一趟歐陸旅行時，從巴黎Rue Montmartre廚具街扛回來。鐵鍋用畢就得養，洗淨放上爐台，小火烘一會兒，熄火，紙巾蘸點冷油，鍋內抹一遍。養過的鐵鍋，隔日煎蛋捲也不沾。我性格裡有點濫情，養什麼都怕養死了，自己承受不了，因此動植物盡量不養，但願意養鍋。妥善照顧的鐵鍋或比人長壽，不怕生別離。

京都錦市場的名店「有次」，大家來此通常買刀，也有買銅鍋的，而我媽偏要買一支毛拔。在京都買毛拔是什麼道理？媽媽手舉到我眼前，按壓那毛拔，演示那金屬的微妙挺度和張力，說明此高檔毛拔，如何較台灣五金行一支二十元的毛拔更爲卓越。後來我常做家傳滷肉，從傳統市場裡買來黑豬肉，殘毛沒燒乾淨的，就要自己重新鑷過，很快領略這毛拔施力容易拔毛飛速的好處。小小毛拔，也見工藝的高下。

還有一件黃銅冰勺，來自彰化花壇，一般是舀冰淇淋用的，我常常烤杯子蛋糕時，拿它來分裝生麵糊。那年媽媽剛開始養病，體力還行，一個週間早晨，見我讀雜誌裡的冰勺報導很是神往。化療剛出院的我媽，斜靠在沙發上，徐徐說：「現在去開車，中午不就到花壇？」

卽刻聯繫當年八十多歲、台灣僅存的手工冰勺匠人黃有信師傅。

電話響許久才接上，彼端是師母，我將來意解釋了一番。

「您欲按佗位來？」師母問。

「台北。」

「按呢過晝才擱來，伊愛睏晝。」師傅八旬高齡需要午睡，過午再來。我們滿口答好。

爸爸剛好在家，就去開車，媽媽坐上副駕駛座，我們仨就出門買冰勺去了。

中午抵彰化，閒晃到下午才到花壇。黃有信師傅已午睡起身，工作室在自宅三合院偏廂的廚房。冰勺有十數種尺寸，最大的能刨出肉圓，最小則是涼圓。待我們選定大小，才將銅片打磨成圓勺，將之焊接在把柄上，把柄上刻一個「吉」字，是爲商標。我們圍著師傅，看著火星噴濺傻笑，聽他反覆交代，冰勺絕不能浸熱水，否則圓頭可能脫落。

爲了這支冰勺，我與父母三人在此，有過這麼一趟臨時起意的小行動。後來黃師傅退休，我媽沒了，回想此日細節歷歷，甚爲珍惜，是回憶裡括弧起來的一天。

最後是那塊砧板。

媽媽和阿姨結婚的嫁妝之中，都包含外婆精選的烏心石砧板一塊，還有一把文武刀。我家那把刀不知哪去了，阿姨的刀至今還用，三十年下來打磨無數，木柄爛過一次，託人重製。整把刀黑沉，刃上有米粒大小缺口，看上去是文物之屬，竟沿用至今，可見我阿姨性格犀利只在皮表，實則念舊豆腐心腸。

而我媽則留著砧板。這塊連用三十年的砧板，我非常怕它。

因我媽用起這塊砧板最稱手，除了水果，她在上頭切剁生熟不分的一切東西。不都說砧板上的細菌可能比馬桶多嗎？連番恐嚇我媽，她從沒當一回事，用畢以滾水燙過就當消毒。我們一家照吃飯照香，實際也沒出過毛病。到媽媽病了，我接手做菜就沒敢用這砧板，往廚房角落一塞數年。但究竟是木頭，經人長年使用後幾乎有靈，丟不得。媽媽過世之後，我更當它是位長輩，萬不可能拋棄。這塊砧板如今薄了一點，龜裂成蕈狀邊緣，老臉似盤著枯乾的密紋，但中央平坦全無凹陷，且異常沉重，可見堅質。我將它搬回公寓，開始眞不知道拿來做什麼好，後來才作爲茶盤使用，偶爾拿來墊墊幾塊油餅。

回想我母女二人最多的相處都在廚房裡。我媽逕自湮去，我還前路茫茫，然而憑藉這批黃銅不鏽鋼木製陶燒的堅固遺產，至少在嶄新的廚房裡，將回憶溫熱，將從前日子反覆記得。

老派少女購物路線

媽媽病篤。倒數時日，她愈是寡食少語長睡偶醒，往生命靜止方向深水潛游。彼時我每日問她想吃什麼，然後盡量張羅來，博她一點病中日光。媽媽談食物的時候，較能談笑，於是以此喚她回神，多望一眼我們這些今世家人。

人在盡頭，返身回望，媽媽一生在吃食可謂富裕，倒數時刻，念想的反而是素樸的兒時食物。如鹹冬瓜蒸肉餅，那是已故外婆的家常菜，白粥醬菜或肉鬆一碟。而這日她說，想吃炸春捲。

炸春捲自然不能是買來的。我媽雖病，但絕不糊塗，沒有什麼比外帶回家，被蒸氣捂軟的春捲皮更壞。最好辦法，便是買新鮮潤餅皮，裹炒過的春蔬，油炸後立刻呈到她面前。而時序初春，清明未至，潤餅皮在地方市場裡不易買，此時唯能往城裡去，倚靠我家三代女子的心靈故鄉：大稻埕、迪化街、永樂市場。

——

陪病兩年，在頻繁的門診化療手術急診中，日常脫軌，活成夜長晝短，蒼白無風恆溫狀態。然而一抵迪化街，日光慷慨，曬褪病房陰涼。感官放大，整個街區的生活氣味聚攏上來。青草藥材的、熟食攤販的、香菇干貝蝦米魷魚的鮮腥味奔放，不遠處霞海城隍廟的香火，也嗅得一點。呼吸滿腔複雜氣味，就深感紮實活著。

其中每股氣味，我都能單獨辨識，皆神奇勾引。回到陪外婆購物的兒童時期，和與媽媽一起吃喝的時光，我們知根知底熟門熟路，這是我家祖孫三代老派台妹，最熱愛的台北聚落。落俗一點便稱這類心情「出嫁女兒回娘家」。青春永恆眞空，是女子心中的自由小鳥。返抵娘家，回到城北河邊的大稻埕，我們皆成少女，步履輕盈一臉發光。

而娘家並非虛構，三人之中，我外婆阿蘭，是眞正以大稻埕爲娘家。

日治末期，阿蘭在富庶的閩人聚落太平町延平北路長大，大橋國小六年級時，見證終戰，日本殖民時代結束。她去正值巔峰的永樂座戲院擔任售票員直到結婚。目睹過盛世之人，總留下幾枚勳章，日後外婆轉述永樂座一代青衣祭酒顧正秋巡演時的盛況，眼底仍有流轉的星閃。

阿蘭結婚，遠嫁淡水河對岸，觀音山腳下的郊外之郊。形容自己進門時，足踏漆亮高跟鞋，一腳踩進屋內，鞋跟即深陷泥地，台北小姐的農村拚搏史自此開始。而老派淑女未曾放下往日講究。踏出房門，必全妝示人並抹朱紅唇膏，以馬甲束褲將自己紮緊，穿訂製洋裝，繫細黑皮帶。

舊年對女子要求苛刻，美而無用不成，她還必須能幹。因此外婆與我媽，皆鄉里馳名的能做菜。外公經營外銷生意，六、七〇年代，員工近百家人數十，盛時每天擺開八大張圓桌吃飯。更有連綿宴席，賓客來自歐陸、中東與東南亞，宴以備料三日的華麗台菜，與自家釀酒。

因此外婆購物，是頭家娘式氣派。日常採購，多以家近的蘆洲中山市場爲基地，魚肉水果挑月曆似的，飽碩漂亮的上貨，量多交代一聲，讓商家送到家裡。但凡節慶或宴客，外婆仍親身回到大稻埕與永樂市場。

大稻埕百年以來一直是南北貨及高檔食材集散地，過去許多辦桌師傅亦聚此處，人才與食材一筐打盡。對此我媽亦迷信，宴客所需的華麗食材，鮑參翅肚蝦頭竹笙，椴木香菇和日本干貝，甜湯用的雪蛤，及奶白油潤的宜蘭砂仁花生，都專趟來買。母女二人自有信任的老鋪，和一套精明選物標準。

身為孫輩裡第一個孩子，外婆去哪都帶上我，以海量食物溺愛孫女，而我回報她白白胖胖及念念不忘。我與我媽，疊印外婆腳步，加以近年發現的店鋪，組織成老派購物路線。水邊時光慢，老城區迪化街的舊建築，那些楊德昌電影《青梅竹馬》裡，夜行車燈撫亮的街屋立面華飾，近年修復後原質再現，吸引潮流店鋪和觀光人潮。但只要老鋪猶在，民生氣息仍厚，就不至於弄得太面目全非。我們以老鋪為基礎，三代記憶為經緯，有憑有據的走跳此區。

到永樂市場及迪化街，我們慣從延平北路三十六巷進出，此隧道般的入口，過去左右各據一家糖鋪，今僅存一家「永泰食品行」，售各色老派零食。外婆嗜甜，買甘納豆，和我喜歡的蛋酥花生，是花生裹上雞蛋麵糊再油炸而成，非常脆口。如與媽媽去，則買蠶豆瓜子等鹹零嘴。

穿出隧道右轉，喝民樂街的涼茶。我們購物，未必記得商號名字，全憑位置或人臉辨識。譬如民樂街的兩家青草店老鋪「滋生」與「姚德和」，過往門面裝修得一模一樣，通常認其中有位老太太掌店的那家。理由是她髮蒼蒼，膚質卻嬰孩般綿白細緻，怎麼教人不迷信該號涼茶有排毒神效。近幾年老太太退休，經詢問，才確定是五十三號的滋生青草店。

迪化街中藥老鋪恁多，並極富商譽。我是七年級生，中藥少用，但若要得上好香料香包、胡椒肉桂，則往媽媽指名的「生記藥行」。在生記拆藥仔，過程即療癒經驗。相較有些鋪子，裝修太堂皇招呼太激動，生記的人與布置，都簡淨雍穆。僅問一枚燉肉滷包，師傅仍逐一打開藥櫃木抽，取材料以砝碼現秤。不似滿街騎樓下成貨，光照潮濕難免質變。藥材在紙面上配妥，倒進棉布袋裡紮好，眨眼間，紙張便封成包裹。

在迪化街買南北貨在於逛，且眼色要好。因爲各有所長，一家買完所有食材幾乎不可能。倒是可以先排除一些在門前大量堆放蜜餞堅果和烏魚子的店家。其果乾顏色愈豔，愈不可信。此區老字號，多少有些驕傲自矜，上貨不會曝展在外，經過詢問，店家才從冰櫃取出那些未經漂白的天然竹笙，燕窩花膠，兼說明食材來歷。顧客識貨而店家識人，外婆媽媽都長得富態貴氣，有問有答。我這種菜鳥若單獨去，被忽略也是時常有的。

至於糕餅。如麵龜、糕潤、鹹光餅和椪餅，可往延平北路上的「龍月堂糕餅舖」或「十字軒」。龍月堂創店與我外婆生辰同是一九三二年，我收藏這種只有自己知道的聯繫，每回買餅，便默數店家歲月，爲之由衷祝福。

龍月堂的綠豆糕和鹽梅糕這類小姐點心，製得極細，以印著紅字的油紙包裝，內有六枚綠豆糕，每片僅指甲大小，化口沙碎精緻非常。將綠豆糕放舌尖，再抿口茶，就在口中化成一團芬芳的煙霧。

椪餅是中空餅，餅底有薄糖膏，是杏仁茶或麵茶這類熱甜湯的搭檔，買了就得小心攜帶，因爲破缺的椪餅，看來格外使人傷心。十字軒旁的「加福起士蛋糕」，賣得最好自然是招牌的起酥皮蛋糕，但其實椪餅也烘得特薄，把餅拆碎，沖一碗花生湯或杏仁茶，深冬裡取暖。

這些店家，亦常態性供應鹹光餅和收涎餅。這類中間有個圓洞，可以穿紅線綁在嬰兒脖頸上的餅，在台北市已少見。但話說回來，買餅容易，現世要生個孩子來收涎，才是眞難。

大小女生同行，認眞購物，還包含吃喝。此區米麵，有永樂市場周圍數家米苔目，油蔥蝦米湯頭清鮮，一碗粉白韭綠，外婆很喜歡。媽媽則多往安西街的老店「賣麵炎仔」吃切仔米粉，切燒肉或豬肝。

此外，外婆與媽媽都對歸綏街上的「意麵王」本店，根深蒂固喜愛。雖說意麵王的乾麵、餛飩和切菜不錯，但我疑心她二人的關鍵從不在麵，在於飯後的那碟刨冰。意麵王在家族的口述歷史中，開業時便是糖水專業，後來才賣起麵，因此在麵店點冰品其實內行，若能一字不差地點名如同通關密碼的「紅麥布牛」四字，更能展現出一股熟客的洗鍊。「紅麥布牛」是綜合澆料的縮寫，指紅豆、麥角、布丁、牛乳（煉乳），麥角和布丁這兩種澆料，是我個人判斷糖水店的標準。採煮得甜糯潤滑的麥角，而非心韌且帶藥氣的薏仁；採柔軟味濃的雞蛋布丁，而非大品牌的膠凍布丁，那是店家骨氣與基礎審美。

——

行經大稻埕許多年，在百年建築群裡穿梭、老鋪裡吃飯、買兒時食物。將自己藏匿於飛速時代裡的皺褶縫隙，以爲可以瞞過時間，但事與願違。

沒忘記今日來，是爲媽媽買潤餅皮。

進永樂市場一樓早市，抵「林良號」。圓臉爽朗的阿姨和兄長，接手父親手藝製潤餅皮，近九十年。林良號製餅，是古老節奏與時光之詩。手掌著濕麵糰，在烘台上抹出一張絲白薄餅，再足尖點地似的飛甩幾下，使其均厚。待由濕至乾，徒手將之數百數千的揭起。餅極薄而透光，重疊成分分秒秒時時刻刻，時間的具體證據。默默在側觀看，不久心裡若干塵埃，都暫時緩緩地降下。

問阿姨買一小落餅，她手裡忙，仍親切待我。以閩南語談上幾句，言及外婆和媽媽。聊天後來，她溫柔小小聲的問：「恁阿嬤閣佇咧無？人有好無？」善意純粹，然而揭開懷舊對話底下，我最黑深無底的空荒。

「無佇咧啊。」

外婆走了十年，以爲會陪我許久的媽媽，刻下也正在分秒轉身。恍惚間她們鬆手，長長的百年的大街上，四顧僅餘我一人。

本地婦女的蘆洲筆記

老家在五股與蘆洲的界上，屬五股的一塊邊角地。全里不及五百戶，地小人稀，至今連家超商都無，就更沒有藥局、食攤等其他了。里民大多彼此認識，追究起來，多少有點親戚關係。本里僅兩家老雜貨店，其一是七十多年的紅磚房屋，兒時被差去購物，老掌櫃是我外公舊識，計量還用提秤和算盤。

半城鄉的邊界生活反差大。靜悄鄉里，入夜街上無人，但窗戶對面，即是蘆洲新區萬家的燈火。邊界生活所需，如上菜場、小吃、買支眉筆……只需越過一條排水溝去蘆洲，計兩百三十步。因此現要給大家講講本地，講的是我家對面的蘆洲。

外地人平素無事，很難專程來蘆洲。此爲常民領域，居住生活的場所，不似一個旅遊目的地。

除了少數硬核的旅行者，許多人旅遊，嚮往的是遠方，是以從俗務忙迫中抽身，短暫做一個新的人，留下幾張鮮麗的照片。因此盡量去大城勝景，嘗馳名小吃，否則起碼要有一樹盛開的什麼花，襯於身後，網上社交。因此台北人島內旅行，去台南，去花東，或離島。外地人來台北，逛西門町信義區，去潮流食肆排個隊。遊人時間多有限，城緣區域如蘆洲，和許多其他城鎮，就這麼屢屢錯過。錯過了也不見得可惜，然而我的經驗裡，有些地方，不在意料之內，反而深刻。有些在離家不遠處，但因爲久違或陌生，彷彿闖入異國。

一回會議結束，經三峽。見路邊容易停車，便信步晃進老街。傍晚，擾攘的小販撤去如卸妝，狼狗時光裡，長街無人，古街屋華麗的鑿痕，寸寸沒入陰影，輪廓寂美而尊貴。又一回，中和的華新街。滿騎樓喝茶的大叔，以雲南話聊天，蝦醬和蒜酥的氣味，空中懸浮。市場內有一、兩攤車，齊備東南亞菜系常用的香草。那些香葉異草，在台北市，走遍十處市場也買不齊。

人趨中年，愈發覺得旅行的興味，發生於心境調轉，或在於望穿表裡的眼色，這些家園中的異國，樸素的生活場域，層次複雜，反而好玩。因此我這個常常在本地活動的婦人，要來寫下一些蘆洲記憶，和日常發現的好處，供外地人參考，或能得一絲旅行心境。

其一・寺廟

若來蘆洲，建議上午到，人多熱鬧，食物豐好。乘捷運，到三民高中站一號出口，沿標示或手機裡的地圖步行，很容易能找到得勝街上的湧蓮寺。這兒是老蘆洲的中心，宗教中心，市場中心，人潮之所向。

蘆洲古名鷺洲、河上洲、和尚洲。地名幾轉，都留下洲字，足見從前是河濱多水之地。湧蓮寺在本地地位崇隆，不止靈驗，還因爲位居高處，發大水時比較不淹，商業活動挨著繁茂起來。湧蓮寺主祀觀音佛祖，自浙江舟山列島來，當年因颱風，漂流到台北渡船頭（於今淡水），落地現址，有近兩百年。翻修數回，舊貌已不得見，目前版本在一九八〇年代裝修，建物巍峨，氣勢很大。側看寺廟，有人看的是古蹟工藝，但若在湧蓮寺，可看的是人間煙火，庸常生活。

各地都有以廟宇為城鎮發展的起點，廟前聚市的結構。可湧蓮寺不是一般的香火鼎盛，寺前的中山市場，非是一般的大。蘆洲現今的人口，更不只一般的多。因此從湧蓮寺的高台俯瞰周遭，包含廟前廣場，四方輻射出去的市集範圍，包含許多被鐵皮遮蓋的街巷。白天早市，晚上夜市，汽車開不進，滿區是人，商販叫賣聲隆隆四起。

入寺的本地人絡繹不絕，非大節的普通日子，供桌上仍擺滿七、八成，供品許多只是小件糖餅，或三、兩橘子，猜想是買菜經過，廟裡走走如串串門子。寺門外，有人兩手掛滿提袋，也遙遙合十致意。廟的內外，洋溢著一股熱烘烘、暖洋洋、蓬勃的人間朝氣。

而人間朝氣，非人多即得，在交通尖峰時的信義區路口，乃至捷運車廂，人亦頗多，但看上去是上班族的深倦與闌珊。倘若氣場有顏色，那是團團鼠灰色。

數代人入同一廟，緣分必深。我家三代婦女，都倚賴湧蓮寺，外婆以閩語稱之「大廟」。兒時生病，外婆到大廟分一點平安水餵我。當年的新手我媽，覺得讓兒童喝符水不甚文明，爲此跟外婆鬥過嘴。我媽不知道，女兒長大竟成信女，每回入寺，必在門口大飲兩杯平安水，自我感覺心強體健。

我媽與大廟，則在於安太歲的儀式。每年春節前，她去排隊，代表全家安好太歲。我年過三十的頭幾年，二舅媽跟我媽去大廟，還會勸她，加碼幫女兒點一盞姻緣燈。我媽老派，但婚嫁議題，倒一向不落俗套。她說女兒在家很好，不必忙著嫁。姻緣燈幾年都沒點上，直到媽媽過世，我的姻緣，始終是自己處置。

不能確定儀式對逝者有益，但是對於我這樣的遺族，儀式十分有效。母後至今，家裡按老規矩安太歲，倚賴的是湧蓮寺每年寄來的通知單。粉紅色紙單上，有家人名字、生辰和生肖，載明誰遇正衝，誰遇偏沖；建議安太歲的人數，和點燈的類型，按表操課完成，心頭篤定，安然度過太歲年份。

家人遠行，大廟恆在。我週週來買菜，入寺有時燒香，依序從一樓拜到三樓，更多時候，僅雙手合十心中默唸。每回必在門口喝水，時常借用洗手間，當它是一處生活地標，很尋常親切。湧蓮寺後殿的懋德宮，供奉國姓爺鄭成功，天井開敞。此殿有一面銅鑄壁畫，是鄭成功荷蘭受降圖，壁畫前，淺簷下，整齊擱幾條長凳，我與許多人一樣，喜歡在此稍坐，受裊裊香煙的薰染，享天井入來的日光與雨水。

蘆洲在十八世紀末，就有來自福建泉州的同安人移民，開發早，寺廟多。本地以李姓和陳姓爲大宗，在本區廟宇，若稍微一讀牆上捐獻名單，李姓是壓倒性大宗。因此除了湧蓮寺，本地重要宮廟，還有在成功路上的保和宮，保和宮原本是李氏家廟。「保」字是保生大帝，「和」字取自和尚洲的舊名。

保生大帝是同安人要緊的傳統信仰，其建築是淸代至今的木結構，工藝精美，屬於市定古蹟。目前正在考究地重修，暫不得進入。願意的人，可以捐磚瓦，幾百幾千的小金額亦能捐，寄望其片片累疊，成爲古蹟的一部分。

其二・餅鋪

湧蓮寺附近的「龍鳳堂餅鋪」，是本地名鋪。製餅用料紮實，店家接待也誠懇溫和，生意一向很盛。我五股老家的土地公廟，每年祭祀用的餅龜，皆由龍鳳堂承製。一隻六斤的餅龜，大約由五十片咖哩酥組合而成，豆餡濃，肉角乾香，是全家摯愛。曾有一年，主事者悄悄把餅龜委由其他餅鋪製作，成本稍降，不料里民一吃卽知，客訴沒完，此後沒人敢再悄悄換餅。

來龍鳳堂買餅，偶會遇到老頭家娘。她膚白細細，髮絲銀亮如雲朵的光邊，那是一種古典的頭家娘氣質，人和氣，又精明洗鍊，觀前顧後的。今年大年初九天公生，我與親戚去買餅，見到爲節日特製的海綿蛋糕，紅紙杯裡胖呼呼、蓬鬆鬆。頭家娘經過，見我盯著蛋糕發呆，拎一顆塞我手裡，她說：「今日透早才打的（麵糊），請妳。好吃再買。」有時候買多一些，頭家娘經過，結帳時又少算幾個銅板。

在外不免遇到商家高冷粗魯，或誦經般重複強調店規，不聽也不講人話之事。頭家娘的招呼，自然溫暖，倒也不是什麼服務，純是一人對另一人的細微體察，這類舊派人的體貼厚道，原本是咱台灣人的強項。

另，鄧麗君小時候居住的眷村老家，就鄰近龍鳳堂，原地已經改建爲簇新大樓。打電話到龍鳳堂訂餅時，有一細節，是話筒裡會傳來鄧麗君演唱的〈甜蜜蜜〉，餅甜蜜蜜，心思亦若是。

其三・切仔麵

來蘆洲，找一家切仔麵吃吧，這兒是發源地。

過去有外地朋友，說起切仔麵，嫌湯頭寡淡，不知有什麼值得吃。會這麼說，我猜想是一直沒吃成像樣的麵，喝成好湯，或吃到很Q的切肉。以上情況，來蘆洲試過以後，不少人就此改觀。

蘆洲的切仔麵鋪之多，是全台之最，競爭之下，手藝普遍高。關於切仔麵，拙文〈吃麵的兆頭〉另外寫過，我想，在此若再談點其他什麼，不如談營業時間吧。

本地眾多麵鋪中，我迷信其中一種，是僅從早上營業到下午三、四點，不售晚餐的那一種。這是切仔麵原始的營業方式。試舉幾家鋪名，如「大廟口」、「大象」，和遠一點的「和尚洲」、「鄭記豬母」、「阿三」，甚至過橋到五股，凌雲路上的「阿勝」也是。這類麵店，檔頭通常不設冰箱，當天早晨的溫體黑豬肉及豬下水，浸熟，擱在層架，客人點單才切片，在湯裡涮幾下即起，即是北部風格的黑白切。切肉售完，差不多就打烊了。熟肉未曾冰過，嚼來甜而彈性。若進過冰箱，就柴一點。一種更次的，是老早將肉切成一堆等著，到了晚上，敏感的人吃它，能嘗出冰箱的霜氣。

切仔麵的麵湯是魂。蘆洲甚至有家麵鋪，店名直接就叫「固湯頭」。湯頭有大骨的渾厚，豬肉的鮮味，豬油和油蔥的噴香。白頭師傅話起從前，學成後自立門戶，每日仍端一碗湯去給師父嘗過，以保湯不走味。在地吃麵的人甚多，肉浸得多，湯頭就數倍醇鮮，因此蘆洲的麵較外地好，很大程度，也是由於地方眾人的熱愛與投入。

警世的故事也有。本地原一馳名麵店，換手經營以後，菜單項目擴張了幾倍，東賣西賣，成一間小餐廳似的。黑白切的數量銳減，湯頭就明顯薄了。稀湯洸水的切仔麵，瞞不過本地老江湖，不久，生意也就漸漸靜了下去。

蘆洲老區涼水兩味

台灣這二、三十幾年，街邊興盛的飲料類型，是手搖茶。現今雖沒什麼手貞的在搖它，賣的也不只是茶，但搖是個概念。青少年叫這樣的飲料「搖搖」，呼朋引伴時，問：「喝搖搖嗎?」搖搖風行海外。除了日本近兩年迷起珍珠奶茶，如今的港澳街邊、曼谷商場、新馬各地也流行起來了，可見不少人熱衷。

搖搖在歐洲，十年前還罕見，偶遇一鋪，如見家鄉。一回在柏林 KaDeWe 百貨公司附近，見一年輕亞洲男生，穿薄T恤短褲、夾腳拖鞋。單手以拇指和食指，捏住透明塑膠杯。杯緣繃一面塑膠薄膜，寬口吸管，筆直刺穿過去。那夾扣杯口的手勢，鬆軟無拘的面態，那杯飲中帶嚼的飲料，不必認，就知道是台灣人。彼時我已兩年沒回家，瞬時場景回到一個可能是蘆洲新莊永和，可能彰化員林或雲林斗六的，某家鄉熱鬧市鎮街道，看著發怔起來。

——

即使手搖飲料在本土普遍，還是有嗜喝它的，和爲數不少的，幾乎不太喝的人。

我從小少喝市售甜飲料，非是自律，而是媽媽不准。但我媽自己在家製造飲料。

小學的夏天，老惠而浦冰箱門上，隨時備洛神花茶、冬瓜茶、蜂蜜水、冰豆漿，有時候同時數種，以回收的光泉牛奶瓶裝成排，放在小朋友伸手能及的高度。

大學時，手搖飲料盛行已久，偶爾我喝一些。出國念書，當時英國這類飲料很少，若有，也挺貴。本來就喝得不多，逐漸就作罷。平時在外除了飲水，盡量找古老選項來喝，如甘蔗汁、青草茶、楊桃汁、酸梅湯或鮮打果汁。這類單純把草本或植物原料弄出汁液，醃漬，或熬出味道的本土飲品，是生在亞洲，尤其亞熱帶國家的福慧。

在蘆洲，湧蓮寺周邊的舊市區是百年市集。上午是生鮮市場，黃昏後有夜市，幅員很廣。如今翳熱天候無盡延長，暑燥無邊。我上午來此買菜，若走到渴，除了飲用湧蓮寺提供的平安水，也找下文幾家老字號飲料來喝。這些店鋪，本地售賣資歷有四、五十年，比我年長得多。

至於喝哪項？要聽從身體的意願。

若喝甘蔗汁，常是因爲市場久逛，又烈日當空，血糖低落懨懨欲睡，一杯蔗汁立即提振精神，腦清眼亮起來。甘蔗汁攤，在大衆爺廟轉角旁。攤販無地址，無名號，只售甘蔗汁一項，原位佇立數十年。

蔗汁基本之極，僅蔗去壓汁。甘蔗是煉糖原料，本身甜，糖可免；它且多汁，水也不必放。照理每攤弄出來應相似。偏偏也不是這樣。

此攤蔗汁，原料用紅蔗而非白蔗。紅蔗是能直接吃的。小時候，外婆常買整包削好皮的甘蔗來吃。家族老人小孩並肩而坐，啃食甘蔗，於齒間碾緊，吮汁，樂呵呵吐出一碗渣來。是一種滿足口慾又難以過量攝取的，粗爽樸素的消遣。電影《風櫃來的人》閃過一個連情節也算不上的畫面，主角們在市場賣卡帶，隨手和小販買根甘蔗，邊走邊啃。見那一幕，就知道社會已很不同。現在若突然想啃甘蔗，特別去找也未必能得。時間是躡步之賊，是如此將一個許多人啃甘蔗的社會，置換成甘蔗難尋的社會。

紅蔗的皮，紅紫泛黑，將皮削去才能榨汁，以免汁液黑濁壞了賣相。白蔗是青皮，可連皮去榨不變色，且甜味更高，但纖維太粗硬，不直接吃。

此攤蔗汁，老闆一家從洗甘蔗到削皮，都親自弄，不由盤商處理。甘蔗根根過眼，晾至極乾才榨汁。甘蔗營養但易腐，且皮上多塵。一旦連皮榨汁，蔗肉的霉爛和表皮的清潔皆難顧及。因此有些人講究起來，盡挑紅蔗汁喝，不飲白蔗。

此攤只售一味甘蔗汁。冬天偶爾賣熱的。夏天的冰蔗汁，則用冷凍甘蔗去榨。熱天裡甘蔗易敗壞，故攤家強調冷鏈。要求買了速喝，或立即冷藏。攤頭有套陳舊而神奇的冷卻系統。榨汁機接兩個水龍頭。平常冰凍甘蔗榨汁，從其中一個龍頭，直入壓克力桶。桶心的冷凍內膽一開機，即長保蔗汁凍涼。若客欲「去冰」，攤商備少量常溫甘蔗，榨汁後，從另一龍頭去接，涇渭分明。

倘若上火，或多取肥膩食物，則飲涼茶。中央路一帶，中山市場邊上，從前有數家青草茶，現存兩家，「怪老子」涼茶，以及宏記蔘藥行門口的涼茶。

怪老子叫怪老子，因爲幾步之遙，有家國術館叫「二牙」。都是金光布袋戲中的人物。而怪老子和二牙總是相偕出現。

怪老子本人已退休，女兒接手。怪老子是我們去得最頻的涼茶鋪。原因除了口味，還有風格。若現飲，它仍用玻璃杯盛裝。常客站著喝，用畢杯子擱台面即走，頗俐落。涼茶這種幾口用完的飲料，不必耗上一套紙杯膠蓋盛裝，但台灣的涼茶鋪，今已不太用公杯，港澳和曼谷反而多。曼谷「恳記雙葫蘆涼茶」是百年老號，用印有自家商標的厚玻璃杯；澳門「大聲公涼茶」，玻璃杯上覆不鏽鋼杯蓋隔塵。咱蘆洲怪老子，玻璃杯手洗乾淨，用小型家用烘碗機烘乾水痕。常洗常烘，我幾次拿到杯子還有餘溫，老闆取用時，舉到眼前轉轉，確定沒有水痕。

怪老子早年所用的藥草，是怪老子親自在蘆洲本地採集而來。那些地方，現已立滿昂貴樓房，一點看不出來蘆洲在不遠之前，曾青綠無邊。有遠山，水澤，和藥草。

蘆洲中山市場的建物，近期即將拆除。怪老子也面臨搬遷。不知搬遷以後，怪老子和二牙，還是否長伴左右。我在喝這類古老飲料時，心裡明白，大勢所趨，未來可能無人願從事採草熬茶，或削甘蔗的苦勞。唯能在每次購買時，珍惜眼前。

居家隔離式吃飯

二〇二〇年新年始，新冠肺炎疫情蔓延全球。疫病衝擊社會，世界秩序重置，未來就算好過來，也要留疤。

眼下台灣的疫情控制得宜，大眾僅分擔暫時的生活不便，但不算有迫近的存亡要脅。一個普通百姓，不是富商貴胄，災損有限，只需稍微離斷網路喧譁，好好洗手，吃飯睡覺，按魯迅告訴家人的：「管自己生活。」將之靜靜度過去，就算是大難不死。

疫中，居家隔離成爲一種狀態，外地返台的人要自我隔離觀察，好些機構開始讓雇員在家工作。隔離中，三餐都在家吃飯，總要有點辦法。

我離開辦公室，在家工作已有幾年。除學校兼課，多數時間接案工作。家在郊區，鄰近無市場，傳統的和超級的都沒有，原本卽常態性居家隔離。保持在家囤糧，料理自己和家人的飲食，有零星心得，記於此，或可供疫中生活參考。

我原來一週至少上傳統市場一回，疫中頻率相同，只稍微收斂平時隨遇隨買的任性，對琳瑯貨色，起了分別心。

葉菜類不易久存，減買。改買耐儲放的蔬菜，一旦須隔離，兩週內不會爛腐的西洋芹、番茄可買；常溫可儲存的瓜果，南瓜、冬瓜放在牆邊；菇類備一點；白菜和高麗菜各一顆，且遇缺必補。白菜和高麗菜都密實，以容積換算成可變化的菜色，實非常經濟。並常備紅白蘿蔔、洋蔥等根莖類，無論涼拌菜、燉菜、熬湯皆用。

到地方農會買土雞蛋，二、三十隻蛋裝成一箱，存冰箱裡。雞蛋各種好，能燒無數菜色。疫情期間，美國人突然搶購起小雞，如意算盤就是自家產蛋，也算遠慮，有蛋一切好說。

肉吃得不多，故在傳統市場買黑豬肉，貴一些，將肉絲、絞肉、排骨分裝，平擺冷凍。台灣的虱目魚、鯖魚味道好，算是永續魚種，也存一點。

乾糧。除了米須常備，最好能備豆子。此事古有明鑑，鄭和下西洋的船隊，船上就孵芽菜，還帶上石磨，將黃豆磨成豆漿，添鹽滷做成豆腐。

東、西方乾麵，各備一種。

東方乾麵，用台南關廟麵，購自迪化街「勝豐食品行」。此鋪位置，是迪化街上最早商店，房屋格外低矮，手繪的綠豆粉絲招牌，顏料色澤大褪，但美術字寫得好看，值得留意。在此買關廟麵，品項齊全，從麵線細到緞帶寬度，尺寸多種。我偏愛細麵，關廟麵含鹽，特別彈，熟得快。給自己拌碗麵，燒水開始，同時在大碗裡擱油、醬油或鹽，酌量下醋。麵熟入碗拌了，同鍋燙把青菜，要不了十分鐘就上桌。較任何外送迅捷，也較一切過度包裝的市售乾拌麵經濟。

西方乾麵，自是義大利麵。家裡固定備幾包義大利產的石臼研磨義大利麵。表面粗糙，能銜醬汁。搭配義大利麵的醬汁，要費時去熬，像肉醬麵這樣的也有，有時材料簡單到只將蒜片、辣椒，以油一煸，落熟麵兜勻即好吃。

又備在來米粉和中筋麵粉各一袋，米粉加水能炊粿，麵粉加水能攤餅。

一切預備，無非爲了日常生活中，乃至不巧必須居家隔離，能吃上起碼的眞實食物，不必湊和太多加工食品。

在家工作的職業婦女毫不悠閒。故我一次做菜，會備兩餐分量，是給自己帶便當的概念，只是不必然裝在便當盒子裡。工作中段需要用餐，飯菜一瞬即得，實行幾年，從單人生活到兩人共食，都深感明智。

首先熬些肉湯，冰存備用。

市場買雞，請肉販代爲去骨，加購兩副雞架子、幾個雞爪。雞肉燒成主菜，骨頭則飛水後熬成雞湯。有時也用排骨，大骨、軟排、子排混買，熬起來湯頭醇厚，且有一點肉吃。老實熬湯，室內都是香暖的蒸氣，一種家裡有人的氣味。

肉湯冷藏可存幾天，也能冷凍。肉湯爲基礎，加筍片、蛤蠣，得筍湯；加許多蒜、白胡椒粒和香料，成潮式白湯肉骨茶；將大量番茄、洋蔥、高麗菜和義大利式乾香料一起燉軟，即得蔬菜湯。兩片麵包兼著蔬菜湯吃，就很飽人。

肉湯裡能投的東西太多了，加冬瓜；加蘿蔔；打蛋花；煮雜菜麵；做火鍋湯底；加餛飩湯圓丸餃。湯是救星。

此外還漬點菜。大把蓬鬆蔬菜，漬完縮成一碗，是計較冰箱空間的心得。將青江菜或小松菜鹽漬，水分擠乾，密封在冰箱擱幾天，就成雪菜。肉絲打水，薄醃白醬油、紹酒、太白粉，與雪菜同炒，作爲湯麵或乾麵的澆頭，素簡和雋。

春季，夫家表弟媳，教我醃萵苣筍。萵筍去厚皮，鹽醃半個鐘，去澀水，可做涼菜。口感脆爽，澤如玉石，帶有萵苣清香。若嗜辣，另取小鍋，加熱兩勺白芝麻油，煸一點花椒、蒜片、辣椒片，出香熄火，將香料油倒進已入味的萵筍。

一次料理蔬菜，可吃上兩天的例子太多。秋葵、玉米筍、花菜、蘆筍、四季豆、茄子……鹽水燙熟，一半當下吃，蘸點醬，另一半存冰箱。隔日爆香蒜片，冷蔬菜入鍋，以蒜油兜熱。

春夏是筊白筍產季。一回爸爸去埔里辦事，帶回一批當日鮮採的筊白筍，農民交代，帶皮水煮十分鐘可食。離土未久的蔬菜，還精靈有神，如同鮮筍片刻不應耽誤，夜深了，仍立刻煮起來，瀝水攤涼，即刻冰存。做兩回吃完。

冷食筊白筍，切片蘸薑汁醬油吃，極甜，兩、三分鐘就備妥，幾乎是速食。餘下的又冰兩日，煎肋眼牛排時，將筊白筍對剖，鋪進鍋中，以餘油烙出焦痕，作爲配菜，更甜。

湯熬上，又漬了菜，再來是煮飯。

家裡雖有電子飯煲，但我更常在火上煮飯。用厚底厚壁又帶蓋子的鍋即可，比如我媽媽的砂鍋。壓力鍋也可以，圖它合金底厚，蓄熱效果好。不上壓力蓋，改用玻璃蓋，便於觀察。鑄鐵鍋能成，玻璃鍋也沒問題。依照飯量和心情決定，毋需迷信雜誌上這土鍋那土鍋的。飯好吃，大致是米的緣故，得好米，技術又可以，就得好飯，鍋能加分，不能化腐朽爲神奇。

米洗數趟至水清，浸水二、三十分鐘。徹底瀝乾傾入鍋，我家吃彈牙分明的米飯，故米一杯水一杯，不能更多。軟飯，水就多點。上蓋，大火。水沸騰時，蒸氣開始噴出鍋外，此時將爐火校至最微，續煮十至十四分鐘。若用土鍋或鑄鐵鍋，觀察蒸氣消弱，聲音靜下來，飯香流瀉卽熄火，過程詩意。玻璃鍋更容易，目視水分蒸乾，米粒發亮卽止。接下來任何人拿刀架著脖子，也不掀蓋，燜二十分鐘。

明火煲飯，特別有荒野求生之感。不用電力和機械，而將飯煮得更好，費時更短，粒粒皆亮，老輩人其實都會（從前人還燒柴呢，那是另外的境界了），咱是米文化養出來的人，我以爲在直火上將生米煮成熟飯，是一生受用的技能，最好連兒童都盡早學會。

一次最少煲兩合米，煮出四碗飯，我家吃得少，可分五碗。米量太寡，飯容易燒乾，不如多煮。當餐用量外的剩飯，分裝冷凍備用。

接下來，就是大同電鍋的事了。本地家戶，可以無烤箱，無微波爐，無氣炸鍋，但電鍋總是有的。

若前一天家裡做了燉菜，如咖哩、紅燒肉，或冬瓜蒸肉餅這種絞肉菜，放到隔天，風味就更融合些。午餐時刻，以電鍋復熱燉菜和冷凍米飯。另取小鍋，將湯煮滾。同時間，將涼菜取出盛碟。不到一刻鐘，兩菜一湯即得。

中午加熱飯菜的輕盈時刻，我時常回想從前上班族的時光。

同事們相約午餐，往往全員未齊，等來等去人已餓穿。上班族的午休，其實比什麼都貴，那是一日之中，少數不被薪金買斷的時間，是資本體系中的夾縫求存，不經意中蝕掉許多。居家工作者獨自午餐，難免懷念可愛同儕間的笑鬧，但不懷念當時的用餐品質。

一場大疫若能迫使太平盛世中的嬌人，重新面對生活基本技能，也算禍福相倚，實用的預習。人實在渺小，須盡量自強。煮飯即自強，餵飽自己照顧他人，以應人生萬變，一直一直來。

人間菜場

媽媽病後，我開始負責全家餐飯，須頻繁到傳統市場採買。母後，搬出老家獨居，張羅自己飲食，也每週上傳統市場。超市少去，因爲購物是一回事，難戒是人情。

超市從南到北都差不多，傳統市場則鄉音濃重。

攤檔陳列的貨色，反應居民來處。我也會去南門市場買點紮蹄，買點「合興糕糰店」特別細緻的棗泥壽桃，再至熟食鋪打包青椒鑲肉和雪菜百頁；去中和華新街這帶市場，買綠咖哩用的大小圓茄、香茅南薑及各色叢林咖哩用的香草，事畢，在街上喝奶茶吃豆泥烤餅。

但人與市場，到底要有點血緣親密。我這閩南家族長大的北部台妹，一個自小吃許多滷肉、白斬雞及油飯的女子，南門市場的火瞳金華火腿和扁尖筍雖好，一年煲個一、兩次吧；雖時常一、兩個月就被華新街的緬甸烤餅召喚，仍有太多香草不識使用、不懂得買。深知有些市場是偶爾去的，有些則一天到晚去。最好的市場，是買得最熟、知根知底的那一座。市場裡須有賣豆粕鹹冬瓜的什貨鋪，有中藥行，有賣青草茶甘蔗汁這種古老飲料。可以閩南語指認蔬菜，且其中要有我媽和外婆慣去的商家。

我若上午買菜，最常去在蘆洲湧蓮寺旁的中山市場，和台北市永樂市場；傍晚則去蘆洲中華街的黃昏市場。

蘆洲湧蓮寺是香火鼎盛的百年大廟，廟前聚商，同一街區，清晨是早市，傍晚後則是夜市。如果從天鳥瞰，能見以大廟爲基地，四周數百公尺輻射出去的商圈，早晚熱騰，人間煙火。

我僅拇指姑娘那般大時，外婆就攜我上市場。她購物以外，不忘餵食肥白的外孫女。外婆與我一塊吃廟前的切仔麵、米苔目，在餅鋪「龍鳳堂」買麻米粩。老鋪如今都在，生意依舊興隆，拇指姑娘只要依樣畫葫蘆的去購物吃麵，便不覺時光殘酷。

逢祖先做忌或大節，外婆常去一水果攤採購。是兼售青森蘋果、日本柿乾草莓的高端果鋪。日後媽媽攜我經過，會謹慎告誡，該鋪物美但昂貴，咱們跟外婆這種頭家娘不同，必須問價才能購買，否則任意一指，秤出來的價，心裡承受不了。因此偶爾經過，就買三、五連枝的玉荷包，一把玉女番茄，費點小錢，便算上一家三代共經此處。

——

永樂市場在外婆娘家附近，它是一個適合入門的尺度，面積很小，但足夠老。小在只占建築物的一層樓，水果二、三攤，魚鮮肉類各二、三攤，菜三攤，潤餅皮兩攤，馳名油飯和包子鋪各一。若不細逛，五分鐘就走遍了。食材和價格，以大台北區域來看皆是中上，但不至於擺得精品似的，也不至於一把菠菜賣個一百六這種價。永樂之精巧，使我這樣一個四體不勤的城裡人，提著嬰兒等重的南瓜、高麗菜和全雞，不至在百千攤販中走乏，指節勒得發抖，回家後給蘿蔔削皮都累，索性放棄做飯。

老在這是一座百年市場。潤餅皮如「林良號」是八十多年老鋪，第一代從場外市場開始賣，今在室內有固定攤位，第二代的麗玉阿姨持續擦餅皮，兒子是第三代，在攤上兼賣潤餅捲。其潤餅捲是北部風格，潤餅菜汁水多，且以咖哩粉染成黃色，備有滸苔，花生粉裡含糖較少。與我奶奶的版本相似。

另一攤「建翔蔬菜批發」也有資歷，承傳四代人。貨色很是豐盛，以麻布袋、木箱和竹籃布置，倫敦波羅市集似的陳設，店也起了個洋名，Uncle Ray Vegetable。過年前幾天特別忙，此攤會全家三代上場，五、六個人分工合作，可見規模。普遍的高麗菜花椰菜以外，冬筍荸薺萵筍栗子樣樣不缺，蛤蠣雞蛋豆乾也備一點。一攤買齊所需蔬菜，品質整齊甚少出錯，十分省心。

亦和「千金雞鴨鵝肉」買雞。攤主大名就叫張千金。千金的熟菜也好，我有時向她買半隻燻花枝或滷豬腳。拜拜所需三牲，預先和千金交代，她且會順便幫我炸一尾黃魚，一攤打包兩牲。

如此買雞順道炸魚的事，還有「永樂莊」，一間什糧行。油鹽醬醋堆上天花板，瓶身貼紙水平垂直對花成連續圖案，安迪・沃荷金寶罐頭版畫似的。店主是一阿嬤，她秤貨掃塵，老在張羅什麼。不曾見她擺個小電視在那兒傻看，或手指於電話上撥來滑去。永樂莊的蒜頭曬得最乾，老薑表面無一粒塵土。一回買桃花魅時，留意角落備有數疊金紙和幾把香，深感店家著實太懂。我在母後才開始學著祭祀，由於天性脫線，大節前夕忙過頭，通常清晨才想起沒買金紙，直想掐死自己。對於準備周到的小店特別感激。

物質以外，傳統市場對我這種八〇後女子的幫助，許多是抽象的。

媽媽離世後，專注祭祀有助於分散哀痛。禮儀公司皆能代備鮮花素果三牲十二菜碗。但如要選媽媽喜歡的花材，自己練習燜白斬雞，煎魚，炸三層肉，弄些我媽愛吃的，將先人當成真人款待又貼合禮俗，食材準備起來就比較麻煩。

殯俗中的食材宜忌，常與閩南語雙關，爲的是討口彩。如豆干做大官、肉丸中狀元一類，包含一切古代社會對功成名就的僵固想像。但祭祀對象是我那相當愛聽吉祥話的媽媽，我決定全部買單照辦，不與之辯論。實際執行起來，禁忌的項目才是多如牛毛。

比如水果成串的不能拜，因憾事不能成串而來，所以媽媽喜歡的荔枝龍眼葡萄統統不能出現。比如豆子可以是荷蘭豆四季豆甘納豆，但長豆竟不能，因長豆象徵長壽，事已至此，妄談長壽。

爲備料，上蘆洲中華街上的黃昏市場買肉，一說用於三牲，「蔡家肉鋪」不由分說收回我自己挑的薄肉，重切一片一斤半、皮肉均美的厚片豬腩，免我於不敬。

賣玉米雞的阿嬤，會順道交代三牲的魚頭與雞頭要反向放。買完雞，鄰攤賣觀音山綠竹筍，想起媽媽從前愛吃筍，決定也買一點。不料賣雞大嬸瞧見，從店裡衝出來，她說：「筍子袂使拜那款代誌！」賣筍阿姨聞言，嚇得立刻站起來：「袂使拜，妳毋通買。」

接著二人一左一右勾住我，交代了五分鐘拜拜須知。結論時，賣雞阿嬤用拇指和食指環住我的手腕，說：「汝遮爾少年，手骨遮爾幼，一定袂曉剁雞，明仔載拜好，拿返來我幫妳剁。」

其實我會剁雞的。但哎呀，怎麼眼前起了霧。

龍月堂
龍月堂糕餅舖
商標
仲記
鹽桃片
2321-9833
2321-2606
劉仲記
玫瑰酥糖
劉仲記

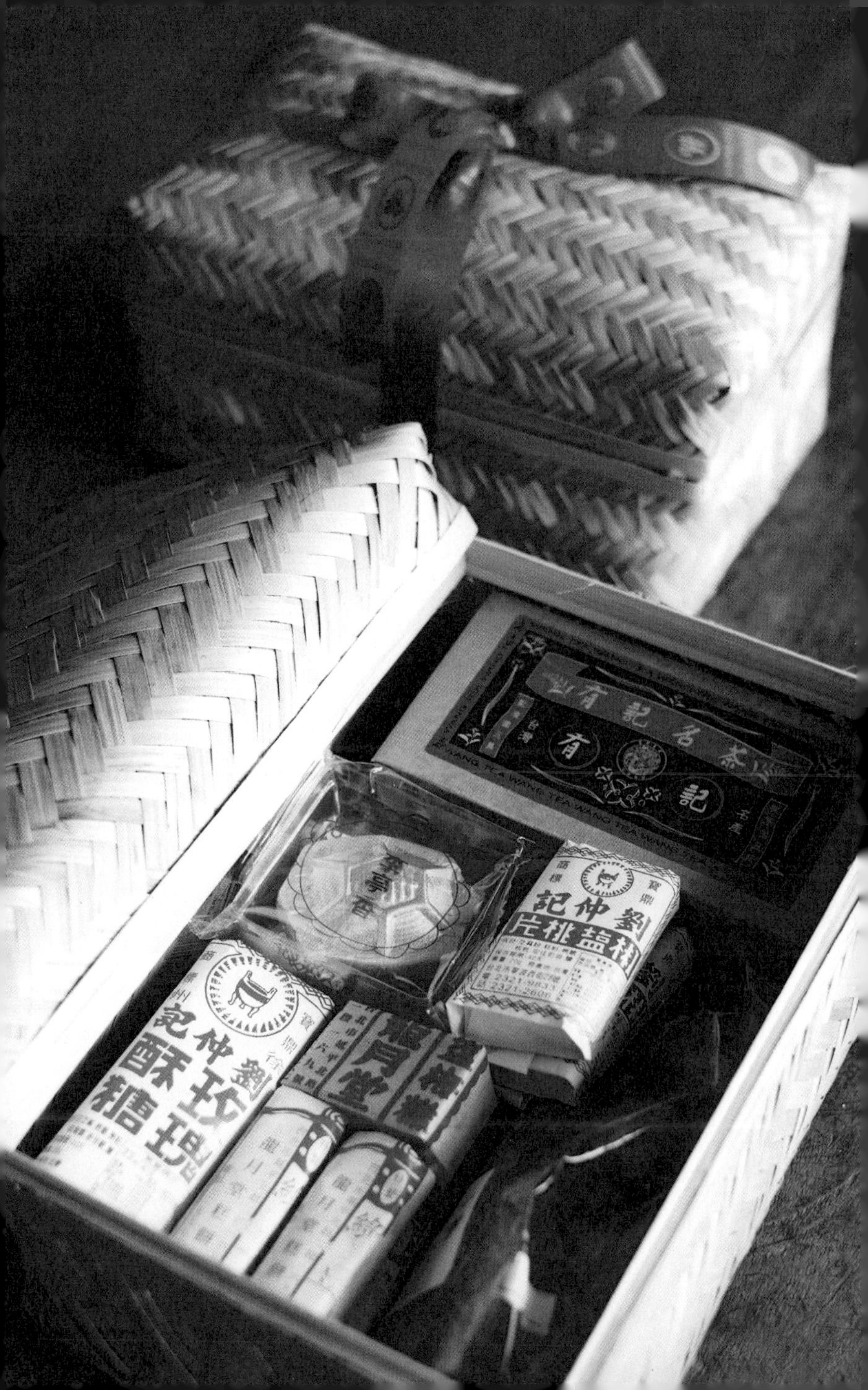
有記名茶
劉仲記
玫瑰酥糖
龍月堂

SELECTED TEA
CHOICEST TEA

福建茶行
福建茶行
鐵觀音茶
宜興紫砂陶瓷名壺

輯二

粥麵粉飯

吃麵的兆頭

與男子往來一段時日，多約在台北城內的咖啡館和戲院。好感若干，是否生情還說不定，但總之止於禮。這日他說，想到我家附近，看看我常提及的寺廟與市場。

「你來。一起到寺裡拜拜，拜完去吃麵。」我說。雖說彼此手都沒拖過，相約在鄉里拜拜吃麵，已是交淺言深。

寺是湧蓮寺，麵是切仔麵。

老家在觀音山下，與蘆洲隔一條數十公尺短橋。生活買辦，多去蘆洲。切仔麵在蘆洲有百年歷史，是成行成市的行當。百年湧蓮寺周邊半徑一里內，數來十多家切仔麵鋪，遠些，連長榮路一帶也算進來，有二、三十。

年長一點的朋友，說起往昔台北城，街頭巷尾常有切仔麵，如今少了。我想朋友若來蘆洲一探，就不必嘆息。切仔麵在此地全是旺鋪，用餐時刻人潮騰騰，毫無頹態。

切仔麵伴我三十多年，感情縱深複雜，家族成員各有心得。但鮮少與朋友一起，恐顯得太過親熟隨便。請客吃飯，與人應酬，還是上體面一點的館子去。

切仔麵是家常小吃，勿過分隆重地看待，比較自得。蘆洲周邊許多家店，僅有少數翻修過，其他難免有點草草不工。地面有溢濺的油湯，桌椅未必成對，美耐皿盤邊的花紋都磨糊了。油湯生意忙，公私場域難分。店家的小朋友，在角落攤了一桌子作業和玩具，家長手裡揀地瓜葉，一面投入鄉土劇裡互吐毒句或搧人巴掌的情節。

本地人吃切仔麵，是數十年的吃下來。熟鋪公休，附近再挑一間即可。眾店之中，最老的近百年，年輕一點的，也有三十好幾。質素皆頗可以，各有強項。麵有粗細之差，湯有清濁之別，有切肉甜的，或內臟特別嫩的。麵店可以當作家庭吃飯的延伸，食材一點也不顯赫，調味簡淨得近乎原始，然而經過仔細的處置。通常價格還非常廉宜。

因此約人去吃切仔麵，意思近乎於，家裡隨便坐坐，吃個便飯。如今人們在社群媒體上，輕易積累數百上千位朋友，不小心就信以爲眞。實則心裡一篩，即知誤會。能隨便一起吃碗麵的對象，百千之中，實沒有幾位。

長年吃麵，同伴有消有長，兒時是整個家族一起去，長大後，一個人去的多。如今加上眼前這位男子，就有兩人。兩人吃切仔麵，總是比一個人好。此說非是基於感性，是講實情。世上許多麵都適合獨食，但說到切仔麵，人數愈夥，就愈好吃。

——
從前我家吃麵，偌大陣仗，一家三代數輛車同行。外公是白手起家的商人，模樣清瘦，聰明有神。外公飲食挑剔，比如他每年夏天，釀一年份的荔枝酒和蛇酒，僅供自酌。比如他吃粥，粒米不進，只喝頂層的米湯，閩南語說「泔」(ám)。因此家裡熬粥，米落得多，才能熬足泔，供外公晨起喝上兩碗。用潮流話講，外公很不好搞。外公晚年跌壞了腳，此後只能短程走路，因此外公想吃麵，晚輩們速去駕車，一家人浩浩蕩蕩陪著他去。

外公鍾意「大廟口切仔麵」。

此鋪在得勝街尾。老街至此收窄，你若見店招搶眼、鋪面寬闊的「添丁切仔麵」，再往裡走，即達大廟口。大廟口店矮堂深，裝修基本沒有，是蘆洲現存最老麵鋪之一。草創時無店面，扁擔就擺在湧蓮寺口，故名大廟口，至今有八十年。一眼望去，店裡老漢極多。至今仍無紙單可畫，熟客頭也不抬就點菜，坐下便吃。

大廟口清晨開門，下午收檔。循舊社會的道德，切菜不放隔夜，當天未用盡的肉湯，打烊前全數傾掉，隔日從頭再來。一切準備，只爲今天。

天未亮即熬湯，麵湯是規模經濟。深鍋入清水，水沸起，其他鋪子多放大骨，大廟口更煨浸以巨量的豬肉。三層肉爲主，兼有嘴邊肉和肝連。大塊肉在清水裡煠，肉成之時，湯已深濃。入口鮮滋滋油汪汪，清香腴美。愈近打烊時分，湯頭愈呈乳白色。

大肉起鍋，擱涼備妥。店東周先生工作時趿著木屐，營業期間裡外忙碌，他連續切肉、漉麵，木屐喀喀作響，自成音樂。難得空檔坐下，手裡還忙給豬皮揀清殘毛。大廟口的肉類和下水，皆是接單後才快刀切片，湯裡汆數秒即起，保其甜脆。附近店家也有爲了求快，將肉片早早切成堆待用，風味因此差一截。說句言重的，此肉若本來有魂，魂都飛了。決定鮮肉何時起落，封存其神采，是經驗幻化的魔術，凝結時間的手藝，簡白而精深。

我們一家進店，坐店堂深處兩張大圓桌，長輩一桌，孫輩一桌。二十人同時點菜，七嘴八舌先各要一碗粉麵。在切仔麵店，沒人純吃麵，都切小菜。因此老闆娘必然接著問：「切啥？」我們靜下來，待外公發話，勢如降旨。

「攏切來。」外公說。

攏切來，意卽店裡的所有切菜全部要一份。那是盛宴，豬的盛宴。

肉有三層肉、瘦肉、嘴邊肉、豬皮、脆骨。內臟有豬心、豬肝、豬肺、豬舌、肝連、大腸、生腸。一豬到底。連燙盤地瓜葉，都澆上豬油蔥。豬肉全是白煮，材料一壞就無從遮掩，先得經過麵鋪的挑選，才拿來售賣。在本地切仔麵的江湖，選熟成超過一年的溫體黑豬，不採養不足白豬或凍肉，是基本通識，無可拿來說嘴。

倫敦有間迷人的聖約翰餐廳（St. John），菜做得精彩。主廚韓德森（Fergus Henderson）先生的食譜書《鼻子吃到尾巴》（*Nose to Tail Eating*），被許多人奉爲經典。主因是戰後物資漸豐的英國民衆，淨挑清肉來吃，大量拋棄牲畜其他可食部位。韓以爲「既然殺生，應物盡其用，以示尊敬。」因此他的料理多用內臟、骨髓、野禽和怪魚。此論在當代西方聽來新穎，在東方不足爲奇，咱是日日實踐。內臟料理在台灣的切仔麵鋪，更是一字排開，淋漓盡致。

人多，切菜就豐富，瘦的胦的滑的脆的皆得。蘸大廟口獨門豆醬，以粗味噌、豆瓣、辣椒製成，是日治時期遺風，稠濃清甘。豬肝剛斷生，帶粉色，潤滑夾脆。肝連環一圈薄筋，慢慢嚼，能嚼出韻。大廟口的三層肉可說是蘆洲最好，每桌點上。僅是焓熟的一清二白豬肉，竟那樣甜。瘦肉也可試，如此不柴，如此收斂而精細。

至今仍記得，不同家人吃切仔麵的偏好。比如外公光是喝湯，並不吃麵；我媽不喜油麵，點米粉或粿條；比如阿姨拒吃內臟，但我媽吃。

媽媽愛吃豬下水，不完全因爲味美，有她私人的根據。比如她說豬肺藏污，極難處置。爲了外婆從前一道老菜「鳳梨炒豬肺」，少女媽媽和阿姨蹲在門外，取水管接豬肺管，流水不斷沖洗四個鐘，不時擠壓，使黑水盡釋，整副豬肺，從黑洗到白爲止。中年後不必再洗，眉毛也不抬一下，就能有一盤豬肺來吃，是以獎勵從前過勞的少女。

豬肺有一種海綿膠感，滿是孔隙和軟骨，有嚼頭但乏味，我自小不愛吃。此外也不吃豬肝，覺得腥氣。媽媽勸，說女孩多吃豬肝，有助補血。我不爲所動。但仍把她說過的事折疊收妥。媽媽三年前過世，我長痛不癒。母後去切仔麵鋪，自動吃起了豬肝和豬肺。補血補氣以形補形。自己照顧自己。

外公外婆仙去多年。晚輩今能自由選擇，各自擁戴不同的麵鋪。我和阿姨仍愛去「大廟口」，有時換吃「大象」或「和尚洲」。小舅吃「阿榮」或「鴨霸」，我弟弟吃「周烏豬」。周烏豬爲外婆從前的心頭好，據說亦是切仔麵的發源店，如今已翻修得非常氣勢。兒時跟外婆去市場，常繞去吃。麵好，生意極盛，故地板亦油成一種境界。站著不滑倒，還能坐下好好地吃成麵，已很了得。

一人吃麵的日子多了，建立出全新秩序，比如學會吃粉麵，佐黑白切。

蘆洲古名鷺洲，是在清代輿圖中，如謎的台北湖底一塊時隱時現的濕地，白鷺成群起飛的煙水迷濛沙洲。爲北台灣的早期開發聚落。據日治時期統計，彼時九成住民，都是自淡水河登岸，祖籍福建的同安鄉人。故切仔麵中的麵，是嫩黃色福建油麵。製麵時加鹼水，出廠已燙熟，拌食油防沾黏。熟麵在滾水裡迅速漉過即可食。「切」字是動態，是聲音，也是工具。閩南語發音爲「摵」（tshik）。長柄的麵簍子叫「麵摵仔」，從前以竹片編製，現在多改用金屬。竹編摵仔易生霉，但扣出麵來，形狀甚優美。摵仔在沸水裡邊漉邊摔出聲，起鍋費勁甩乾水分，吭一聲倒扣在瓷碗裡。淺黃麵條，編織成橢圓山形。熱湯澆上，一碗霧氣氤氳的微山水。

這種黃鹼麵在南洋也吃，叫福建麵，湯的炒的皆有，風格很多。其中一種湯麵，蝦湯爲底，浮著汪汪的紅油。有段時間常去新加坡，當地吃福建麵，見一老漢點一種「粉麵」，半油麵半米粉，兩項夾著吃，柔裡帶韌，一吃就喜歡。回家鄉吃切仔麵，雖然每家麵鋪的菜單上未必都有粉麵，但幾乎都是一聽就明白。

本地切仔麵店麵種不複雜，熟客點菜時並不說「來一碗切仔麵。」而說「麵一碗，湯的。」或「粿仔，焦的。」我試著這麼說：「粉麵一碗，湯的。」能得，同時交換一記「您內行」的職人餘光。

黑白切，在此指的是一盤之中，拼兩種肉，計一份肉的價，專供單獨用餐的食客，是店家的體貼。我自小胃口養大了，一人吃切仔麵時備感受困，切了東就得放棄西。不甘心專吃一種肉，就點黑白切。一人點一盤三層肉和豬肝雙拼，粉麵一碗，青菜一份。營養俱足，心頭滋潤。一百出頭，是常民式澎湃。

長輩的公子是本地人，在蘆洲吃喝習慣，一回進市中心吃切仔麵，年輕人胃口好，如常要了飯麵各一碗，肉切數種，豆腐青菜各來一份，埋單時竟費四百，抬頭一看，一盤切肉要八十。心裡暗驚，痛處又不好說，只能咬牙付帳。我聽了也覺得可憐，很能同情。

——

年過三十的單身女子，若貌似無憂無慮，旁人就開始比妳著急。安排好的相親不叫相親，說法是「去交個朋友」。我既是挑剔外公的長孫女，自知秉性，不會妄想眞能交上什麼朋友。若有心願，求一位吃麵的同伴就不錯了。

見了其中幾人。

其中一位男士，帶我到專售鵝肉的店，卻只要了一碗麵，兩人以細碗分食。此外全店的鵝肉、鵝下水、鵝頭、鵝屁股，這位哥全數略過不點，最後點了生魚片，上桌時魚仍含霜。

另一挑了義大利麵鋪。培根雞蛋麵（carbonara）遭廉價鮮奶油滅頂，慘白一片。對方倒吃得很香。家教使我保持微笑，把麵吃了。心裡想，也就這麼一次。

憑藉吃麵，看清彼此的參差，有我趨吉避凶的直覺，和頻繁進出本地寺廟，可能的庇蔭。總之見識過不少感情成災的事，是從生活裡的碎石細沙開始崩塌的。事先有兆，不必自欺欺人。

話說回來，早先那位約我一起吃麵的男人，後來如何？

是這樣。我倆現在還一起吃切仔麵，三天兩頭去。不吃麵的時候，就在家吃飯。最初的拜拜吃麵之約，事後看來，可謂是吉兆。終得吃麵和生活的同伴，謝天謝地，眞不容易。

米苔目兩種

蘆洲湧蓮寺口，一攤車甚眼熟，可是我也只能猜，猜它就是兒時吃的米苔目冰。
半晌時間感錯亂，這都已經過去三十年。
小學以前的多數時光，我與外婆在一起。

外婆清晨上陽明山運動，我跟著去。外婆進城，逛遠東百貨買蜜粉唇膏，也跟。外婆定期上大市場採買，當然帶上我。她單手扛巨量生鮮，另一手拎著白胖孫女。對當年的肥胖女童來說，去市場意味著被人群壓扁與撞擊，不很情願，有我的難處。禽肉海鮮區尤其噩夢，地面污臭濕滑，覺得隨時要摔倒。我自學閉氣（後來學游水，很能閉氣，即市場裡練的），牽緊我阿嬤，保持足底平衡小心通過。我自小性格堅忍，不哭不鬧，知道熬過此區就有禮物。

禮物是採購完畢後，祖孫倆的吃喝。

在蘆洲，當然吃本地強項，切仔麵和米苔目。兩者共通之處，都配黑白切，甚少單食米麵。切仔麵是個大題目，另文敘說。外婆且熱愛米苔目，因此切仔麵及米苔目，我算是吃得很多。米苔目這種從福建流傳到台灣的老食物，如今在台灣北部，也不是想吃就能得，盡量得往比較資深的聚落去找，如大稻埕、艋舺，或蘆洲湧蓮寺前的這個百年街市。

湧蓮寺在得勝街，祭拜過後出寺門，望左走大約一百公尺，見一店門口有人排隊，蒸氣騰騰，就是本地馳名的米苔目店。

此店無店名，招牌小，手工油漆字橫寫「米苔目」大字，字已褪色。小店沒幾張桌子，經常客滿併桌。若要堂食，江湖規矩是在門口候著，待一位面無表情的姐安排你，切勿自己闖。一切售賣項目，以影印紙貼在牆上。牆上只寫米苔目，沒說有湯的與乾的兩種。落座，不要嚷嚷不需舉手，姐忙完別桌就過來，一切她心裡有數，莫亂她節奏。唯一主食只有米苔目，人人叫上一碗，沒特別交代，就來湯的，若要乾米苔目，必須強調。

粉麵之中，米苔目的樣子特別氣質，雪白細膩盈盈反光。得勝街的米苔目是極簡版本，不擱肉燥。清湯中浮著白色米苔目，祖母綠韭菜，翠青色芹菜末，一把蓬鬆新鮮的油蔥酥，頭光臉淨那般好看。乾米苔目，全無厚醬，以碎蝦米混一點油蔥酥，點豬油，即很香，滋味非常俐落。本地人內行者，點乾的吃。胃口大者，連盡兩碗後拿著空碗，到爐台前要求加湯，一碗兩得。

每桌且叫上黑白切，此店切菜很好，甚至比附近幾家製量大的切仔麵店來得新鮮，肉燙起來，不置冰櫃，反正未及中午，多數售罄，屆時問生腸沒生腸，問肝連沒肝連，到時候外場大姐說還剩下什麼，吃就是了。

湯底以浸肉的鮮湯與蝦米同熬，鮮腴而爽，氣味乾淨得幾乎古典。我以爲當代台北，什麼天外飛來的食物不能得？竟是一碗當日製出當日售完，無事隔夜的粉麵，難得得像是苛求來的。

——

米苔目是在來米製，中性，清淨而無油氣，製成冰品也常有。故要說回湧蓮寺前的那攤車。

攤主是一位老婦人，如今我一點都認不得她的相貌，及她舊斗笠頂上一塊塑膠布補丁。僅隱約記得攤車位置在廟口，及攤上坑坑凹凹的白鐵方形冰桶。當時畢竟小，視線在低處，倒是清楚記得外婆給我買冰的幾個動態。

通常外婆問：「呷冰無？」答：「好。」接著外婆喊喊喳喳的向攤主交代，不多久就從車上遞下一杯保利龍裝米苔目冰。

一面走動，跟緊外婆怕跟丟，一面忙吃。冰在糖漿裡瞬間就化水，不時吮一口融冰，才不會走著走著晃出來。且記得把冰遞回給外婆，她也吃上幾口。外婆患糖尿病，在家吃甜食，老被家人高度關懷，我媽也限制小孩吃糖，因此這種含糖時刻是祖孫倆放風的樂趣，彼此掩護是爲溺愛。

兒時的米苔目時光，都與我外婆一道。長大生出了自己的偏好，多年不吃，兼排斥一切粗麵。麵吃細麵，吃粉就選米粉米線。米苔目這白胖的粉食，跟粗米粉被我歸成同一路，覺得味道寡淡。現在回頭去找米苔目，懷念的仍不是味道，而是童年。

時間是冰，不吭不響融化，如今是成人視角。我外婆沒有了，面前這位賣冰的阿婆，目測也不小於七十歲，問她在此售賣多少年，答四十七年。是同一位。

今日暑氣大，阿婆甚忙，前頭排隊的夫婦，買七大袋冰給一家三代吃。阿婆的白鐵車不插電，以冰桶存放粗絞的冰碎，舀動時沙沙發響。附近製冰廠摩托車經過，少年夥計唰的一聲在冰桶裡倒入新冰，旋即揚長而去。如此數趟，彼此不必交談。

自製的米苔目，在案上堆成小山。配料只有紅豆、綠豆、粉圓，用不成套的不鏽鋼鍋裝，比家庭規模略大一點，吃起來也像家庭風味。

她揪一把米苔目落碗底，澆一勺甜綠豆，碎冰堆成滿滿一碗，最後將琥珀色糖水從頂上澆下來，堆高的冰，嘩一聲矮下去。

見我久等，阿婆將案上最後一小把米苔目留給我，常客經過，擺手說無了無了，才上午十一點。她身後張支大傘，零星擺幾張塑膠椅，可坐下吃。

米苔目原料是秈米，遇冷比起熱食更有嚼感，台語說Q。米香雖有，而其實淡。若糖漿味重，或配料花樣太多，米味就掩掉了。此處米苔目冰，只加一種豆，一勺糖水，碎冰本身無味。綠豆是燉得很透，亦不太甜。冰以粗冰，齒間嘩嘩咬碎。吃來吃去，就是米味，綠豆沙味，很解暑，一切簡單，也似乎只宜簡單。網路時代，生活裡盡是隆隆廢氣，吃成一碗直截的涼水，覺得竟很不容易。像一個專注澄明的念想，同樣地不容易。

粥事

伴侶剛及五十歲，是中年人了。他身長一米八五，清瘦，行路無聲，遠遠走來像一堵薄牆。

我見過許多瘦子，飯沒少吃，就是不長肉，多是消化問題。果然就是。初結識，他說自己腸胃弱，喜歡吃粥。他平常不開伙，但若外食太頻，週末在家，自己煲一鍋白粥吃。養養胃，也清味蕾。

單身男子的粥簡單。日本製電子鍋，選定熬粥行程，米水齊入，按鍵即成。電鍋熬就的粥，粥水稀淡，與粥米上下分層，比起明火粥，較乏香氣。冰箱常備海苔醬、脆瓜和紅油筍絲罐頭，小菜不出三種。如此吃粥，稍嫌簡單，但我仍挺佩服他一個人住，還有熬粥的興致。

同樣獨居，我幾乎天天開伙，煎魚炒菜，吃飯吃麵，有時候花工夫烤蛋糕。唯白粥，從前都是與家人一起吃的，若獨自一人，我不懂得吃粥。

近年我記時記事，一概以我媽在世與否前後推算。因此上回吃粥時，我媽還在。

媽媽在時，很少吃粥。因爲難得，回想吃粥時刻，皆很清晰。媽媽不常熬粥，主因是她自己不怎麼吃。一來從前常吃，怕了，二是認爲送粥醬菜營養不良。外婆以前說我媽「客婆無愛呷糜」，將她分類爲飲食上的異族，實則我們家是福佬人，沒有客家人。「客婆無愛呷糜」這句話，使我自小以爲客家人完全不吃粥。稍大一點，才知訛傳。

外婆倒是每天清晨煲粥。家裡的粥是福建式稠粥，稱「糜」，路數近潮州粥，不同於廣東粥那樣煲到綿滑不見米，糜中仍見粒粒米花。若在爐上煲，武火燒水起大泡，將浸水的米入煲。任其在水裡翻成小浪，米粒爆腰。轉文火，水面始終暗滾，不時攪拌，免其黐底。不多久，粥水熬出膠。熄火加蓋，焗半個鐘。

再掀蓋，米花已發透、鬆綿而形狀完整。糜的上層，浮著乳白色米湯，爲「泔」。泔香氣清正，非常養人。若遇天冷，泔的表面風乾出一層薄米皮，吸啜的時候沾在唇上，很是香美。

這種糜，是以碗就口，以筷子撥著吃的。手曲成弓形，拇指勾碗緣，食指撐在碗足，臉湊近，先啜一口泔，再食粥米。長輩餵嬰兒吃糜時，將糜舀在匙尖上，送入小口前，臉湊近，頭輕搖，來回吹涼。吃糜時候，人垂眉斂目，神態最溫柔鬆軟。

外公吃糜有少爺習氣。他不食米，只喝泔。一人多喝兩碗泔，整鍋糜就乾了。餘下沉底的米糊，就是外婆吃的。這種不太流動的稠粥，閩南語稱爲「洘頭糜」。我聽來，總覺得發音像「苦頭糜」。但外婆不以爲苦，戰時大家都窮，生活好轉後，她寧可吃紮紮實實的洘頭糜，避喝不飽人的泔糜仔。貧窮是暗喻，在粥碗裡浮沉。

送粥小菜，多是鹹鮮之物，潮州人叫「雜鹹」，音同閩南語，家裡長輩也這麼講。我家常見的雜鹹，有瓜仔肉、燒麻油薑絲小卷、鹹蜆、蔭豉煨豆腐，也有罐頭麵筋、蔭瓜、腐乳一類小菜，多是這些軟糊的、醬深的、漬色的食物。

媽媽見老人吃粥，覺得太不營養。她決心做新派家長，盡量不給自己小孩吃粥，或者凡要吃粥，就精心備菜。

晨起吃粥的一輩人漸成遺老，取而代之的是洋食物，火腿、吐司麵包、果醬、鮮乳、鮮榨橙汁、煎太陽蛋……廣告一樣清爽明亮。要過許多年後，人們才發現好些火腿不太含肉；好些麵包，摻了說不清的粉，或由於成本的剋扣，包入了賊心。若食濫造的麵包，未必強過白粥一碗。

——

我家的吃粥時刻，多在孱弱時候。

我出生後六個月，便自行斷奶。母乳不喝，凡以奶粉炮製的乳汁，入口就嘔掉。胖娃娃忽然瘦下來，我媽急，設法讓我喝點米湯。以牛肉燉湯，隔去浮油，和糙米雞蛋一起熬成軟粥。胡蘿蔔、菠菜熬到透熟，弄碎，棉布隔渣，再熬成粥。人母精緻的拚搏，全在紅紅綠綠的米湯裡。用心稠密，我喝了強壯起來，之後沒再瘦過。

或強颱來襲。停電，一屋燈火瞬滅，風扇嗚嗚的慢轉至靜止。水道淤積，狂雨從落地窗縫入侵室內，漫淹一地。全家拿畚斗逆著水舀，再往屋外倒，倒出去的永遠不及湧入的，全家一夜無眠。

天逐漸亮，颱風眼穿越陸地的幾個鐘頭，狂風中歇。鴿灰色天地，隱約有匪氣的安靜。由於疲累，家人在沙發上歪斜躺著。此時媽媽進廚房，將冰箱裡能用的食物清出來，開始熬粥。

斷電時，仍有舊型爐連烤瓦斯爐可點火。媽媽熬上一窩粥，若颱風持續，便連吃兩餐。冷凍室裡翻出魩仔魚，以薄薄麻油煸酥，撒白胡椒粉。地瓜葉燙至梗子軟，濾水。在大碗裡下豬油、蒜末、鹽，就著餘熱拌勻。菜脯洗過幾趟去鹽，切末，和雞蛋打勻。鑊底多點油燒滾，蛋汁入鍋，滋一聲煎出泡來。菜脯蛋稍煎出焦痕時最香。

冰箱裡，通常攢著皮蛋。若恰有豆腐、肉鬆，可湊一盤。澆醬油膏撒蔥花，就有皮蛋豆腐。另備醬菜數碟。常有的是脆瓜、腐乳、玉筍、鹹酥花生、土豆麵筋。僅四人吃粥，小菜擺開來，竟八至十種。

空氣仍潮濕，我們以舊浴巾破T恤抵著門縫，止住進水。電力尚未恢復，一屋黝黯，悄悄的，眞空似的。眞空的時間拉得老長，全家默默吃著久違的清糜，溫熱暖和乾淨，一層層浸潤了身體。

落難時，媽媽倒鎮定，以食物平定驚懼。這份堅強心智和臨危不亂的本事，應是襲自外婆。

老家一帶地勢低窪。八〇年代以前，汛期淹水是出名的，劇烈時淹掉一層樓。據說外婆會先將小孩抱上鄰居的茅草屋頂，讓他們抓緊木脊樑。哪怕是泥磚房子被大水沖垮，茅草屋頂仍會在水上漂浮一陣子，是救命恩物。

溺斃的豬，斬成數大件，取大鍋，以醬油燉熟以保鮮。天災當下，家人倒是連續幾天吃上大肉，較平日豐盛。

後來村落遷移，疏洪道和抽水站建成，老家自此不再淹水。但媽媽全家，仍很愛聊颱風淹水的舊事，我自小聽了數百遍，熟如親眼見過。其中他們最叨叨不忘的，除了漂浮的茅草屋頂、美軍的援糧，就是外婆滷的那鍋肉多香。

——

後來再逢劇變，非是天災而是人禍。我媽病了。

媽媽和外婆神似，圓臉圓身，笑起來彎彎細眼。用村人的話說，是同糕模仔印出來的。所以我從來很安心，想我媽老了，大概就像外婆。外婆到老都精神，頂著髮廊吹的蓬鬆黑髮，抹茜色唇膏。身上有資生堂蜂蜜香皂和蜜絲佛陀蜜粉的香味。她攜著孫女我進城購物。年年買給我元宵的燈籠、端午的錦囊香包。她進廚房，就炒出世上最香潤的米粉。

可是我媽沒見過自己六、七十歲的樣子，後來的事她全不知道了。生前，她幾年也不會感冒一次，竟說垮就垮了。

糜是最初與最後的食物。化療病人口淡，我媽吃肉時聞見生鐵味，蔬菜入口就發苦。勉強吃得下的，多是比較鹹的食物。最虛弱時，只能喝點粥，即使「客婆無愛呷糜」的媽媽，在最後時光，也吃糜，佐些自小熟悉的雜鹹。

爲我媽煮粥，比照她的規格，菜色要多。

我媽媽喜歡粥裡有地瓜，不刨絲，要塊狀的。粥裡放了紅、黃兩種地瓜，顏色好看；大稻埕買「唯豐」的海苔肉鬆和花生米；市場買來赤鯮，魚皮拭得極乾，薄抹麵粉下鍋乾煎，皮就不破；九層塔蛋要採紅梗子的九層塔，以黑麻油煎。這些都是我媽教過的菜。

但有個久違的菜，我自己想念，並猜我媽也是，即鹹冬瓜蒸肉餅，簡稱冬瓜肉。我只吃過外婆版本，媽媽自己不太做。理由是後來買不到像樣的鹹冬瓜，說是醃得不夠鹹，有的甚至醃糖，走味的鹹冬瓜吃了難過，不如不吃。

向大舅媽說起冬瓜肉。舅媽立刻拿一罐她娘家古法醃的鹹冬瓜贈我，味道純正。按照舅媽口述，我試著複製了冬瓜肉。若得理想的鹹冬瓜，這菜倒容易做。這是我家裡一道還魂菜，每回吃它，都穿越時空，如見舊人。

鹹冬瓜剁碎，與絞肉和勻。可下淡醬油少許，必須很少。豬肉若有雜味，磨點薑泥或蒜泥，至多一個刀尖的分量，太多就奪味。拌好的絞肉放深碗裡，壓實成餅狀。下清水沒過肉。要待蒸鍋裡的水大滾了才入鍋，蒸半個鐘頭。肉餅蒸出來，清水化成琥珀色的肉湯，油圈像發亮的小金幣一樣點點浮在湯汁上，極為鹹鮮，比直接吃肉還香。

一桌齊備，到房裡請媽媽吃飯。

我媽坐下。梭視滿桌菜色，愣了愣。接著啜一口冬瓜肉的湯汁，她瞇細眼睛，好一會兒才發話。

「這些，妳怎麼會？」我媽問。

「學妳的。」女兒答。

冬日甜粥

三訪澳門。完全繞開賭場，逕往老城區，尋一些當地傳統食物。酒店早飯亦不訂，在街邊小吃。其中特別好的一餐，是下環的「牛記油器」。

下環街市周邊，是常民領域，與景區有一定距離。粵語「街市」，指傳統市場。下環街市是室內市場，圍繞街市四周的窄街有點坡度，茶餐廳、燒臘店、麵包鋪、五金行比鄰而立。街上流動攤販多，售鮮花、糕餅、報紙、拖鞋，供應市民生活。

牛記油器在下環街上，門牌不顯，容易過而不見，問路後，一位女士直接領我們走到門口。廣東人講「油器」，泛指一切油炸食品，其中有我們熟悉的，如油炸鬼（即油條）、煎堆（即芝麻球），還有炸糖環、牛脷酥、豆沙角等點心。

油器店兼製多款糕粿，米麵食的各種變化型，如發糕、麵龜、茶粿等食品。在台灣我們叫麵龜的通紅饅頭，這兒頂上裝飾一朵立體白麵花，叫「喜包」。此外印象深刻的，還有雞屎藤粿。質地是草仔粿那樣的糯米糰，顏色墨綠近乎黑，名字一點不香，卻是清熱化痰的益草。

牛記油器售粥品和腸粉，常客很多，未必買炸物，倒是人人點生滾粥或腸粉。我們是唯二遊客，感到一切新鮮。蒸台邊轉了一圈，最後要了魚片粥、蝦米腸粉、蘿蔔糕。一桌到齊，才意識到全是米食，是一套純米早餐。

牛記的腸粉是布拉腸粉，即叫即蒸。蒸盤是淺方型鐵抽屜，底面鋪棉紗布，布面澆上米漿，再擱佐料，如乾蝦米或叉燒碎，蒸熟。出籠整個連綿布一起倒扣台面，用刀一寸寸將粉皮從布面剔下來，推捲成形。布拉腸粉比直接用鐵盤蒸出的手拉腸粉，更纖薄易破，滑膩化口。製作腸粉的食材平常，手藝則精細。

蘿蔔糕也是蒸的。切成紅磚尺寸厚方塊，澆上芝麻醬，碟邊再放黑色海鮮醬和辣椒醬。在台灣，這樣極簡的蘿蔔糕和腸粉很少。台式蘿蔔糕重油蔥香菇蝦米香氣，喜澎湃料多，質地也比較紮實。這蘿蔔糕裡，無臘腸、也無香菇，一切濃鮮配料皆不放。整塊白糕晃顫顫，質地綿，筷子夾起易碎，故店家提供湯匙。入口溫軟，滿口秈米和白蘿蔔乾淨的甜氣。

純米的香氣是最淺的香氣，只比空氣略霧一層。不豔不搶，白紙一張，隱約有幼紋。在牛記油器吃了多種米食，竟使我傻了半晌，落入懷舊洞，召喚出諸多米食記憶。

最好是白粥

台北盆地冬季濕冷，人自然想找點熱湯吃。可是不願意吃麻辣鍋、牛肉麵那樣的油湯，又不願意吃拉麵這樣的異國味道。而想一些濃稠的、軟呼呼的、清香的，最好是從小就吃熟的食物。

比如白粥。

家常白粥，以蓬萊米（廣東粥多用粳米）浸水。我慣以瓦煲，猛火將白米滾至爆腰，轉文火熬，不時攪拌以免黐底。米熟熄火，加蓋焗半個鐘頭即得。不必煲到廣東粥那樣的綿化。爐邊看顧，費時也不過二十來分鐘。見米湯噗噗冒泡，期間煎隻荷包蛋，備妥醬菜，嗅它香氣，屋子也就逐漸暖起來。

我家吃粥，有一小朋友食俗，頭碗粥先下白糖拌融，作甜粥吃。第二碗以後，才以菜送粥，做正餐吃。甜粥原是外婆拐小孩吃飯的噱頭。我長大後便戒了。我弟弟倒至今還這樣吃的。

一個熟齡女子在冬日，若喝甜粥，比白粥加糖更佳的版本，則是米糕糜。

甜米糕與米糕糜

我以爲米糕糜，是甜米糕的解構，是米糕的基礎元素重組，成新形式。

先說米糕。兒時隨外婆進城拜「恩主公」（行天宮），祭品中必有甜米糕。濃糖漿拌糯米，扣成掌心大小半圓形，頂部含一枚帶殼龍眼乾，覆以紅印玻璃紙。吃它時，壓碎桂圓，挑走果肉上的碎殼，以門牙剔出果肉來，和糯米一起碾嚼，米糕甜糯，果乾煙韌，口感豐富，是天才的組合。只是糯米一冰就硬，常溫防腐的老方法之一，卽大量用糖，因此這種米糕甜極，回想起來牙床都發麻。

米糕放兩、三天，外婆就入鍋煎過，底面煎出焦皮，吃來更香。離開童年後，數十年沒吃米糕，幾乎忘了。外婆過世多年後，一回見難得入廚房的弟弟，自己在爐上煎東西，靠近一看，竟是在煎米糕。弟弟才說從小迷戀這種點心，成人後不時去買。兒時吃粥拌糖，長大不忘米糕，這男童一往情深。

恩主公的甜米糕是白色的，再吃到另一種甜米糕，是堂弟媳的回門禮。這米糕是褐色的，扁方型，基本食材雷同，額外能嘗到桔餅香氣，就像固態米糕糜。

米糕糜延續了糯米和桂圓的天才組合。以圓糯米熬粥，裡頭有澎發的桂圓乾、黑糖和米酒調味。若不是自己煮，在台北，華西街夜市裡的「阿猜嬤」，南機場夜市的「八棟圓仔湯」皆有售，台南大菜市裡的「江水號」亦有。

糯米、桂圓、紅糖、米酒，都是補氣血的材料。傳統上也能拿來做月子，總之對女生好，這是古法。古法不止強身健體，它且香氣瀰漫，甜口甜心。女生們心裡遇寒冬，冷風從裂縫竄進來時，捧一碗稠濃的、琥珀色的甜粥喝下，祛風活血補氣，如同阿嬤媽媽都來照顧妳。

吃粽的難處

世間許多爭論是徒勞的，因成見已固。如及政治，如涉信仰，或扯到粽子。

近年每逢端午，大家就愛在粽子上鬥點嘴，爲了本島南北兩大派系。南部粽子，大致指生米裹熟餡，水煮而成的那種。而熟飯拌醬汁，短時間炊蒸而成的，則歸北部粽。

且不說南北粽之爭，無甚考慮中部和東部人的心情，亦沒將本島或離島其他粽子列入賽事。但硬要區分南粽北粽，誰見過幾個南部人說：「北部粽好，Q彈有嚼勁！」或見北部人說：「吃粽當吃南部粽，米粒軟透竹葉香。」又客家人狂吃湖州粽，越籍移民耽吃原民小米粽什麼的，我自己不常遇到，可能到底也不多。

人們頭頭是道區分粽子，猜想是摩登的辯論。也不過幾十年之前，粽子這種節日食物，多是家製，而非買來的。故一個兒童，自小吃家裡長輩包的粽子，不會習慣從外頭買回來。晃眼中年，此人大半生吃的粽子，口味恐怕頗爲侷限。說到底，大家維護的，非常可能只是自家粽子的延伸類型。與其說是南北之爭，不如看作門戶之見。

我識得的北部粽，確實是將糯米蒸熟，拌滷汁，再與餡料一塊包進粽葉裡。因材料全熟，僅需一、二十分鐘炊熱，不必長時間水煮。在許多人的非議裡，北部粽它不就是枚立體油飯嗎？這種話北部人聽了當然不服氣，此說未見粽子之複雜，可能亦低估了油飯。

油飯是將肉絲香菇等材料，逐一切成幼絲炒香，才落熟糯米拌成。古典版本也有，鍋裡是浸透的生糯米，炒拌後不時加水燜蒸，米熟而成。油飯材料幼細，每口飯裡什麼都有一點。

粽子裡包大塊材料，北部粽的糯米不經久煮，粒粒清楚，將有五香和油蔥香氣的米飯與餡料嚼在一塊，逐漸脂化了，香菇出鮮味，蛋黃香栗子甜，是異裡求同，嚼出興味。

我家數代皆北部人，斷奶後始吃人類食物，即吃著所謂北部粽。數十年來，下顎都記住了特定的油香和嚼感。今成頑固中年婦女，別說南部粽吃不慣，奶奶沒了之後，這些年的難處是，凡買來的粽子，全部吃不慣。

粽子其實是手工藝。

各色植物樹葉，以不同方式捆綁，長形、方形、三角的、編織的，有形式、結構和肌理，餡料又五花八門。既然用上密集人工，自然長出了性格。比如我奶奶的粽子，只是世間百萬普通家庭的普通粽子之一，材料沒有鋪張，但勞力密集，世間粽子都很費事。

我家粽葉用綠色麻竹葉，刷洗待用。米採長糯米，泡水四個鐘頭或至隔夜，蒸熟。五花肉另鍋滷起來。鹹蛋黃刷上酒，烤二、三分鐘定型。鈕扣菇泡發、去硬柄，油裡煸香再和肉一起滷透。乾板栗以小鑷子除去殘膜，需十分耐煩，栗子泡發後還油炸，也在肉汁裡煨一會。金鉤蝦亦過油去腥。粽子裡偶放花生，亦時常跳過不放。

掌廚者捉摸著家人脾胃，捏陶似的塑一顆粽子。「家人年紀大，蛋黃少吃點吧。」遂將鹹蛋黃對半分切。小孩嫌蚵乾腥氣，以後就不放，改多擱香菇。家人喜腴潤的肉，便將五花肉燉得極爲爛熟。材料多重，又藏意念，任何項目偏離釐米，最終組合都可能大幅失眞。因此近年過節，家裡不包粽子，只得外頭買粽吃，這對我總是很困難，困難在心理落差。

其實買來的，大都是很可以的粽子，只不過永遠比家中版本，多了幾項或少幾項。尺寸太巨的。米太黏的。菜脯過量。用胛心肉不是三層肉。不知道粽子裡何必包干貝？又何必包什麼蓮子？一年就吃這幾口糯米，犯不著改成什麼養生紫米系列。

其中以粽子裡無栗子，最爲傷心難過。栗子甜鬆，粽飯柔糯，兩件碾嚼在一塊，心裡都升起煙火。一回伴侶的母親做了栗子炊飯，忘了有多少年，沒有將栗子及米飯和在嘴裡，感動得雙眼都闔上。

總之粽子裡少了或多了什麼這類的事，像是遇了某人，與從前的戀人神似，實際交往起來，吃了悶虧似的，分分鐘都在後悔。

我完全意識，這是一己之偏執，可偏執又何止在粽子。

如我這樣，年紀也不算老的偏執懷舊者，與眞正長輩的懷舊，有不同的質地。那很可能是以懷舊抵抗被資訊沖刷，隻身立足沙河中似的，極不確實的時間錯亂感。我從小吃的那種粽子，實際上已消失多年，同時佚失的還有，自家包粽子的手工藝家族，及儀式俱足的，昔年端午節場景。

從童年數來，不過二十多年前，可偏偏歸到上個世紀。上個世紀的兒童，與今日兒童關鍵的差異，是人人掌中少了一具發光螢幕。我父系親族一向很不會聊天，當時一家子過端午節，對話寥寥，仍傻坐成一圈，認眞拆粽葉吃粽子，傳遞甜辣醬給彼此。飯後，在客廳看映像管電視裡的龍舟賽。龍舟上兩排的人，齊手搖槳，沉默而筆直的移動。室外通常燥熱，門邊上必插艾草和菖蒲，空氣裡有清爽的藥氣浮沉。窗型冷氣隆隆震響。

費上數年才終於認了這無節可過、無粽可吃的命。覺得與其不情不願過節，不如自己動手。與老家大伯母通電話，問清奶奶的肉粽作法。大伯母說前幾年還象徵性地包兩斤米，約二十顆粽子。近年幼輩各自嫁娶移居，爺爺奶奶沒了，家裡從十多人，咚的剩兩口子。粽子包得再少都吃不完，便罷了，上街去買。

隔話筒聽她講話，幾乎看見，祖屋的飯廳沒亮燈，一室不動聲色的黑黝。一大家人終究散開去了。在各自的地方，吃著不同來處的粽子。偶爾覺得前無路後無人，明明是盛夏的節日，卻過得無色無味，悵惘發涼。亦要當作成人後不時經歷的挫傷，要輕輕放過，面不改色的，將之捱到隔天。

被食譜形塑——漢聲《中國米食》

做小孩時最喜愛的書，至今還讀。那是一本食譜，也不止一本食譜。

書是《中國米食》，一九八三年初版，與我同年，這是現在才發現的巧合。

我家裡不讓幼兒看電視。晚上十點以前，家長先哄睡小孩，才打開電視機，節制地看點錄影帶。小學以後，家從單層小公寓，遷入透天厝，爲防堵小孩偷看電視，我媽索性把電視機關進臥室，遙控器和地契一起鎖在保險櫃。因此我的童年，老是隔著牆壁聽洋人講話，直到模糊睡去。

少數電視回憶，一是與外婆一起看錄影帶，看日本巨星美空雲雀唱歌。她是外婆最喜愛的歌手，聲音絨厚，卻含著鹽粒，似眼淚風乾而來。二是到隔壁叔公家，看黑白喜劇默片《勞萊與哈台》（*Laurel and Hardy*），當年讓我看這些的表姨們，究竟想著什麼，我不知道。但如今來看，給小孩看默片，可說是富於詩意的事。

不能看電視，但允許看書。媽媽說，我兒時不怎麼哭鬧，非常投入地吃與睡，若有幾本書看，就原地膠住，久久不移。

這個挺喜歡讀書的兒童，擁有的讀物有限，至今可數。摯愛的《漢聲小百科》、光復書局《科學圖鑑》、《畫說中國歷史》各一套。《世界名著之旅》是塑膠盒內嵌一本精裝繪本，配兩捲錄音帶。此外有一本《辭彙》，和每日《國語日報》。

少卽是多。光是這些，就使一個小女生頭也不抬，連《辭彙》也逐字逐頁浸著讀。

媽媽的書更少，僅擁有幾本食譜，還有一套結婚時舅舅送的精裝世界名著。那套世界名著，是紅色布面圓背精裝，在當時的中產階級家庭，比較接近客廳裝飾，不見什麼人去讀它。套書在電視櫃的玻璃門片內，齊放成一排，與唱片和幾瓶白蘭地一起。但今時來看，贈書作爲結婚賀禮，也是長輩人特有的生活餘裕與正經八百。

識字多點，開始讀媽媽的書。先讀電視櫃裡的世界名著，或許翻譯緣故，讀裡頭的西洋人說話，總感覺有隔，除了其中幾本，許多沒往下看。翻找時，發現一批食譜。其中《中國米食》這本，與我很喜歡的《漢聲小百科》一樣，印著「漢聲」兩字。

《中國米食》是硬殼精裝，全彩印刷。翻開時那份吃驚，至今記得。這和我的兒童讀物太不同了。複雜得多，也精美得多。書裡的文字，生字很少，小孩慢慢讀也能讀懂，像一個脾氣頂好的成年人解釋萬物，聲調淸晰，明白，耐性。

多數食譜光是拍菜，逼近地、光鮮亮麗地拍，有漂亮照片，食譜也就成了。《中國米食》不只這樣。爲了支持敍事，它下大工夫。

開頭幾頁過場，是連續的極美的照片，有發光的秧苗，田與水牛，金黃稻米，瓦煲白飯。還用了一個跨頁，說明「如何使用本書」。將內容欄列、資訊分層先說明一遍。

食譜中的複雜菜色，會以四到六格插畫，分解動作去說明作法。這當然費事，但很有效。若按圖操作，看上去很唬人的什麼菠蘿炒飯、廣東裹蒸粽、酥炸鍋巴，都能做出來。

好些圖說，畫成小插圖，將合照中十一件年糕，或十三碗彩色碗粿，描出線稿，逐項編號。這類手法，在日本老牌生活雜誌裡偶會見到，功能清楚而形式優美。這種整合圖片和文字的手藝，我非常晚了才知道，是美術編輯。我且知道這門手藝，不是誰都能做好。今日有些刊物，你看版面多鋪張，納悶標題不知道在哪？

書中穿插的人物照片，也很可看。有的極有神韻，有的動態豐富，似從好的紀錄片截出圖來。截圖是時代的臉，彼時是台灣八〇年代，各地還有一點鄉氣。三十多年後的今日看來，這張時代的大臉已改。有的是環境沒有了，而人們不只裝扮有異，吃的也不同。

好像講紅龜粿的章節，有張桃園楊梅圓醮的照片，三、兩男人推著木製台車前進。台車上，紅龜粿堆成尖塔，有一人高，粗估幾百片粿組成，盛大。別說木製台車現在少見，今天各地廟宇祭祀，糕粿不會製這麼多，消耗不完。若有，每片糕必罩著一層透明塑膠袋。

又粽子一章的開場，中年婦人坐在門邊包粽子，將粽串綁在門把上，門片與窗框都是木製的。戶外光線穿窗而入，輝亮她的半邊臉和竹葉尖。婦人斂目齊眉，無妝的面目極平坦，不興一絲表演意圖，而使人目光久佇。

如虱目魚粥的輔圖，清晨在台南廣安宮前的攤車上，只有幾落碗，油條，一團蒸氣，沒有招貼。成群熟齡男子，穿台灣式白色麻紗涼衫，坐在竹凳上喝粥。我的外公從前也穿這樣的薄衫，現在已不容易看見。一代人從前來過，又走遠了。

《中國米食》在設計上，在當時來看已很先鋒，在今日也有精妙處。比如那厲害的封面，用二十一種世界各地的稻米，手工黏出一個大的明體「米」字，一個封面簡直像刺繡出來的，不知費上幾天幾夜。須知八〇年代台灣，尚未使用 Photoshop 影像軟體完稿。我現在算是能操作軟體的人，但是若要在一個版面上，合成上千米粒，仍是驚人的細活。

全書影像的構圖布局，配器美感，今日已有一種職業專門去做，叫食物造型師（Food Stylist）。當年沒有頭銜，但已能看出來，這個選擇碗碟、陳列背景、打光攝影的人，技藝高強。

書裡一幀照片，拍江米蓮藕。影像滿版，背景全墨，打光幾乎穿透糖藕，藕的孔隙，填糯米如螺鈿般反光。糖汁掛在邊上，瑩瑩將墜而未墜。看得我牙根咬緊，嘴裡甜絲絲。可我一直到成人階段，才初嘗試這種江南式的糖藕。或許圖片太深刻，眞糖藕入口，竟無幾百回看那幀圖來得悸動。

我這八〇年代的小孩，自小書念得不怎麼樣，高中就往職業訓練的路上去，想來，路徑可能老早在那裡。我所嚮往的精良圖片、清楚文字、眞實食物和日常生活，它們融合在一本看上去是食譜的書裡。實際它也是好的設計樣本，或片段社會學的圖文紀錄。

《中國米食》的美術編輯和攝影，是令人尊敬的黃永松先生。我長大後讀些訪談，才知道那書裡綁粽子的婦女，是黃先生的母親，刷粽葉的，是他父親。又知道編輯團隊爲了此書，先去種了一年的田。書中九成食物，都是編輯團隊親手做的。漢聲有費好幾年深入編一本刊物的傳統，諸此種種，在今日網路環境，幾乎要成爲神話。

小時候不知內情，光是享受著書，也感到不簡單。知情之後，又被那份藝術的教養鼓舞。人被各自的童年形塑，而這本與我同齡的食譜，形塑一部分我。

家裡的《中國米食》，幾年前因裝修打包而散失。在意很久，才在漢聲巷的門市買得簡體版。除硬殼精裝變軟精裝，正字變簡字，圖片編排皆延續舊版，我摸上印刷精美的糖藕和年糕，一塊童年的落磚，才這麼補回來了。

輯三

明亮的宴席

爲了明日的宴席

弟弟的日本友人來訪，家裡設宴接待。此爲媽媽生前最後的家宴。

賓客中，乃南亞沙小姐是著作等身的推理小說家，曾以《凍牙》獲直木賞。在三一一大震之後，她走訪台灣兩年，在台見聞，寫成《美麗島紀行》一書（中文版由聯經出版）。她與日台文化經濟交流處的松井先生，是舍弟的忘年交。兩人加上一位口譯，相偕而來。

宴席當日，也非尋常日子，是總統大選當天。作家好奇選舉，大選前夜，弟弟帶著兩位訪客到造勢晚會，感受本地選舉激情，當天則打算到村子裡的投開票所觀察開票。宴席因此分成兩階段，下午眾人先在家裡午茶，後步行至投開票所。小村只有幾百票，開票不用兩個鐘頭。看完開票，再步行回我家晚餐。

從前家中宴席，從未記錄。但當時已是媽媽最後歲月，她肉身漸枯，精神一點一點黯下去。我每天意識到日子有底，詳細記下流水帳。似河流滔滔中，掐住幾根水草。彼時的採買與吃喝，移動軌跡，以及此宴的一點細節，因此留了下來。

但此篇所寫，並非宴席當下，而是設宴前的準備。

宴席前的準備，幾分相似旅行前的準備，在抵達目的地前，已然啟程。整裝待發時內部的心理活動，不亞於旅行現場的一切發生。

——

媽媽的病中生活，普通日子都扭曲變形，快樂的事就更沒有了。回想起來，宴客會是她樂於投入的事。

通常在宴會前幾天，深夜裡見她伏在餐桌一角寫字畫圖。寫的是菜色排序和採買清單，畫的是擺盤的花樣。再將紙條貼在冰箱門上。每天看幾眼，有更佳方案，隨時調整畫記。

側看那背影及神態，有著寫作繪畫似的，創作的專注。

我的媽媽是生於五〇年代，成長於六〇年代的台灣女子。囿於她的時代，女子通常被認爲應當嫁人，嫁人後必須生子。若參與社會，則應謀求「正當職業」。正當職業旨不在正當，而在利於想像。故當時女子的正當職業範圍根本不大，不脫公務員、教師、會計幾種。此外家庭主婦仍多，但家庭主婦雖然職勞過人，卻未被當成一業，是爲別類。

創作是什麼？我媽她不講這個。她心裡沒有這個詞。

這類女子，分明具備極好的素質，然因爲社會的侷限，和家庭的不以爲意，通常從事一份與才能無關的工作。我媽去上班，除了管公司帳，還管家族私帳、人事及庶務。她下班，還上有老下有小。她曾每天爲罹癌的外公滴雞精；爲糖尿病的外婆磨小麥草汁；她的女兒太胖，兒子挑食，丈夫事業坎坷。她基本耗完了。

我這輩人，強調自我實現，實現什麼不確定，自我則永遠不夠多。我媽則相反。她習插花十年，老師認定是最佳門生；她進廚房，刀功是特技程度；她將水果盤配色、編織、砌成立體裝置。然而這些本事，在她的年代，皆不太算數。用家鄉話說，就是「欠栽培」。因天分與志向缺乏足夠伸展，我媽便在日常生活裡，爲我們準備華麗的早午餐或便當，偶有大型能量釋放，即爲宴席。

——此回宴客，媽媽體力不行了，但創作花火仍盛。宴席於是由我母女組隊完成。媽媽說菜，我細細抄寫。她列出清單，我出門採買。在她的床榻邊，我們費幾天討論，一日搭建一點，是爲集體創作。

宴席前的採買是勞力活，一處買不齊，須數地張羅。去了兩處市場、一個大型賣場和內湖花市以後，我挺懷疑她以前一人騎著50CC的小綿羊機車去採買，憑藉的除了才華，恐怕還有毅力、臂力及超能力。

到大稻埕，找牢靠老鋪鞏固信心。如歸綏街「芳山行」，買品質上好的吊片、蜇頭、扁魚；迪化街「泉通行」，買宜蘭產的沙地花生；延平北路「龍月堂」

買綠豆糕，「永泰食品」對面的那攤零食（已歇業），買蛋酥花生、瓜子和甘納豆。

爲燉湯，宴席前兩天，到蘆洲中山市場，找本產羊肉。小攤在原處，由一位老太太經營超過四十年。我媽交代我，要前一日去交代老太太，預留兩斤帶皮肉、兩斤小排，以免時候到了，攤上缺貨。再到賣甘蔗汁的攤上，買一截甘蔗頭。

媽媽燉羊肉湯，羶味淡，清香滋潤，不愛羊肉的人也願意喝。食材除了羊肉，必須將甘蔗頭、鮮橘子皮（而非陳皮）、拍開的薑母和蔥段同鍋翻炒，才添水燉湯，上蓋前，湯裡投幾顆花椒。

甘蔗頭沒人要，小販扔在地上，表面沾滿塵土，一般不收費。但那天賣蔗汁的小販，仍收了我一個銅板。媽媽一聽咯咯笑起來。攤販果眞認人，若她去問，一向不拿錢。

訪客來自外域，宴席可盡量展現台灣風味，和家傳手路菜。中式宴席裡的工夫菜色，需要泡發或久燉的菜色許多。我從小在外婆和媽媽廚房裡蹭，做菜雖可以，火候畢竟差遠了。有賴事前充分準備。能預先燉好的湯，燉透的肉，皆製成半成品，讓我媽嘗過味道，她點頭，那菜就可以見人。上桌前，複熱或澆芡即成。

菜色全部由媽媽指定，講求風味層疊而豐富，濃的爽的軟的脆的，鹹香淸甜的皆備。並展現時令材料，如新到的野生烏魚子，和冬季產的粗芹菜管。

當日菜色是這樣的：炙燒烏魚子、上湯鮑魚娃娃菜、辣炒吊片芹菜管、滷肉燴烏參白果、沙茶蜇頭爆腰花、清炒時蔬、雪白炸花枝（澆甜醋蒜泥醬）、清燉羊肉湯、時令水果盤、台灣高山茶。

雖是晚宴，但廚房準備，是從清晨開始。蜇頭前一天已流水不斷泡發去鹽，片薄，取掉沙子。吊片發透。豬腰除筋。蔬菜挑揀後，以鹽水清燙。羊肉湯燉妥，濾雜質，稍微凍過，撇掉表面半數的浮油。滷肉燒至透酥，在腰子盤上層層鋪開。我媽進到廚房裡看過眼，說可以了，我這替身，也就自信起來。

一月是隆冬，這年氣候異常，冷到連林口都降雪。訪客抵達，先供熱甜湯。

甜湯是花生仁湯，碗緣斜擱一截烘熱的油條，讓客人蘸著吃。花生泡發過夜，清晨開始熬煮，宜蘭沙地產的花生，果仁較小，但更幼細多脂，不會硬芯。燉到湯水乳白，花生透了，才入冰糖稍滾，糖融後熄火燜著。待整鍋涼透了，甜味卽滲透入裡，吃之前翻熱卽得。花生舀起來還粒粒分明，但入口就化。

茶食也布置了一桌。其中除了大稻埕的糕餅，另有幾件迷你的紅龜粿，是從金山訂來的，僅嬰兒手掌大小，長得可愛，兼富民俗意象。

烏魚子和鮑魚，都是可以預先擺盤的前菜。我媽進廚房，各切兩片烏魚子和鮑魚，給我做樣板。我的刀工，在同輩中算可以，在我媽眼裡，恐怕只有學步車程度。但那日她倒沒笑我，邊切邊講。

我家做烏魚子，皮烙出泡到出香氣，內裡仍溏心，最忌烘得過乾，所以難切。

我媽用的片刀，平常用粗陶盤底磨過，也就堪用。但正式宴客前，還是送到市場裡請人磨利。刀況好，學著我媽切斜片，切一片，以濕布拭過刀面，再拭乾，才切下一片。魚子外圍的酥面沒碎，膠軟的內部也平滑，就好看了。

——

客人在路上，即將抵達。室內都是流動的蒸氣，燈色金黃。酒杯以軟布擦亮，長輩給媽媽作嫁妝的骨董餐具，一套套置好。大寒天，竟能忙出微汗。

宴席將啟。我媽環顧四周，滿意了。瘦凹的臉，因笑意脹圓不少。她一人施施然步出廚房，進後花園。剪一朵重瓣茶花，點綴在几上。

滷肉之家

滷肉是我家老菜，也是許多台灣家庭的家常菜色，從前天天都吃。如今一家之中，滷肉的人剩下我，倒成了難得的菜。

媽媽的娘家成員，都在家族企業工作，公司住家在左右。家族羈絆深，感情甚篤。雖不是三合院的建築形式，但確實是三合院式的聚落式生活。每日午晚餐，由外婆掌廚，祖孫三代，數十人一起吃飯，在當代台北頗爲稀罕。

外公外婆在幾個舅舅家輪住，幾個月搬家一次，其實也就走個幾步到對門。外公外婆住在某一戶，整個家族就在某舅舅家開飯。中午和傍晚，外婆做飯，熱炒的香煙，鏗鏘的鍋鏟交擊聲響，傳到走廊上，在辦公室裡的家人聽見，便知道準備開飯。外婆拿手的菜色多，但是要選出最代表性的一道，必是滷肉。

爲家族備餐，一次要燒十多道菜，是巨量勞役。紅燒的燉菜方便，所以時常出現。外婆每週滷一鍋肉，連吃數天。冰箱裡隨時有一鍋亮棕色的肉，在乳白色豬脂和湯凍中，凝成琥珀，可視爲台式的油封料理。一鍋肉，滷數十年，不間斷也不下桌，要說我家滷肉成精，大概不算過分。

爲防小孩在外頭亂買胡吃，小學時的零用錢，僅足夠急難時撥打公用電話。因此放學後通常很餓。成長中少女的餓，零食甜餅也不足以消滅，需要吃白飯，拌肉汁。

我到廚房去找外婆，找肉汁拌飯。滷肉通常在下午炒料，燉到傍晚。如果當天沒燒新的，外婆也會特別爲我用電鍋加熱一點。

「今仔日要食幾碗？」外婆照例問我，笑中一點賊。

「兩碗。」我答得很響，無愧天地。

「要攪湯無？」要拌肉汁嗎？

「要！」更響。

外婆讓我拿小凳子墊腳，自己去掀電飯煲，盛一碗新炊的發亮白米飯。飯上澆肉汁，肉汁油融融的，再挑兩塊厚實而方、顫顫的帶皮滷肉，坐在飯尖上。我家滷肉，是將肉先炒酥，才添水去滷。肉塊看上去形狀完整，實際已徹底燉透，筷子一拌就化，肉汁稠黏，唇上滯膠。紅褐色的肉汁裹著熱飯，粒粒米都油水滋潤。

一面吃飯，還纏著外婆聊天，完了添第二碗，是一個眞正快樂的兒童。小孩的世界眞是小，聊天內容不外乎學校發生的細事，某甲作弊、某乙沒來上學一類的。成人後知道，小孩說話時，大人可能感到無聊，故回想家裡超級忙碌的長輩，陪著小孩聊天，除了耐性，還因爲他們疼妳。

滷肉的潔癖

我家對滷肉頗有潔癖。

滷肉鍋裡，只能有肉，其他食材如雞蛋、豆腐、夏季觀音山盛產的綠竹筍、冬季白蘿蔔，與滷汁同燉，皆是神仙滋味，但必須另取一鍋，將肉汁分裝出來熬煮。原鍋裡若雜有其他配料，肉就容易酸敗，不易存放，湯汁中飄著豆腐碎末或是蛋白，看上去亦不像話。

外公是舊式人，每天襯衫西褲，頭髮一絲不紊，一輩子不怎麼笑且每日飲定量的酒。他一生清瘦，大約因爲偏食且食量小。家裡平常的飯桌上，菜色有十多樣，外公大多不碰，幾乎不吃青蔬和米飯。吃水餃肉包，只吃餡子，用完麵皮扁扁留在碗底，筷子一掀，人去樓空似的。

但外公吃家裡的滷肉。

外公吃滷肉的風格，照樣很偏。他只吃連皮帶肥肉的部分，瘦肉取掉。外婆擔心外公營養不良，每餐會另取一小盅，將滷肉醬汁分裝出來，滷一方板豆腐、幾塊鮮筍，單獨擱在外公手邊，讓他佐酒時多少吃點。

外公類似的男子，在往後的世界裡逐漸少見；而我外婆那份，一面抱怨，一面舀肉湯燒豆腐的感情也是。

當年的外公身邊，總是有我。我兒時白胖非常，肉呼呼看不見關節，像一截白煮豬腳。家人鄰居皆曰可愛，但是在小女生模糊的自覺裡，胖，大概是不漂亮的意思。於是見電視廣告裡，講了「減肥」二字，就牢牢記住了。幼稚園的年紀，不明所以，也嚷著要減肥。可見傳媒發散的價值觀，對很幼小的女孩，即具毒性。

決定減肥的小女生，對外公吐出了違心的句子：「阿公，我要減肥，不愛吃肥肉，我跟你一組。」

不太笑的外公，聞言就笑了。外公以筷子剪下肥肉，留自己碗底，瘦肉夾進我碗裡。我挨在他身邊，吃著自己的瘦肉，眼巴巴盯著他的肥肉。鄉諺中的「吃碗內、看碗外」，也是這時候領會的。

一個人不滷肉

二老皆逝。家族協議，日後各自開伙。眾人從嘩嘩吃飯，一瞬冷落下來，滷肉的事，就忽地難得。

媽媽是長女，婚後仍是外婆長年幫手，滷肉之家的眞傳弟子。我媽大半生，都轟轟烈烈地吃飯，唯在我們外地念書的幾年，爸時常不在，媽媽一個人吃飯，中午吃公司便當，晚上胡亂吞碗麵就算數，幾年下來，她一個人竟很少滷肉。

獨居以後，我也就知道了，無論是外婆還是媽媽，一個人才不滷肉，滷肉都是爲了眾人的。

曾經在英國待過幾年，起初的文化震撼中，食物最甚。那是每個人民一生平均耗掉一萬八千個三明治的國家，而我來自餐餐爆炒、桌上必有滷肉的台灣家庭。冷食一段時間後，整個人像體內缺了什麼器官，空洞處被英國深冬的凜風，愈吹愈擴大。

此時不可能想起別的，唯有滷肉。光是想，竟就鎮靜下來。打電話給媽媽，問詳細，筆記，照做。

我媽媽始終學不會用視訊軟體，我住處的網路訊號亦壞，只能電話裡講。換成現在，想我媽很可能會買幾斤肉回來，從頭燒一遍，然後以手機攝錄示範。如此，我也許能留有片段她做菜的身影。這當然是後話，而後話多麼無用。

英國超市的豬肉腥氣大，非要滷肉這種濃重的菜，才能稍微抵制其腥。當時容易買的醬油，是廣東出口的「珠江橋牌老抽」。米大多是印度長米或是泰國香米，若要台灣粳米的黏糯口感，要在亞洲小店買一種日本米種，英人管叫壽司米（Sushi Rice）。此日本米，其實是在美國種植，口感近似，而香氣全無。

總之燒出來的滷肉和白飯，差家裡真遠。但遊子憑它自救，已很足夠。熟悉以後，就時常做。見身邊的亞洲同學一天到晚吃泡麵，分裝成一盒一盒便當相贈。後來，甚至賣起了滷肉。

台灣小吃節

在倫敦租屋，房東是一個台灣女生，大眼靈靈，畫醺人的妝。長我們沒幾歲，但人美能幹，我們仍叫她蘋姐。蘋姐當時的男友是英籍港人，姓氏不記得了，名字叫高文，自小離港來英留學，說話作派皆很洋氣。

蘋姐一回拿到了倫敦舉辦的台灣小吃節攤位，她不做飯，協議由我來做台灣小吃，蘋姐、高文，及來自高雄的室友王小姐幫手，營收大家拆帳。

台灣小吃多，但其中食材易取得的，又，我拿得出手的，就不算多。其中同鄉人在海外，易於辨識的味道，猜可能就是滷肉。無論是滷肉飯，或是南部講肉燥飯這樣的細肉，或是中部爌肉似的肉塊。只要是由醬油、糖和豬肉一起燉煮，加上八角或五香的香氣，任由它拆解重組，比例調整，任它千里萬里，還是像一個開關，使海外台人，從記憶底處亮起燈來。

我們四人的臨時隊伍，買空了鄰近賣場的所有豬腹肉。我和室友，連夜切了幾大盆的紅蔥頭、豬肉和大蒜。我家的配方，紅蔥多用，去皮再手切薄片，相當累人；英國能買一種碩大的香蕉紅蔥頭（Banana Shallots），手掌大小，切來照樣惹淚，但省下不少剝皮的工夫。辛香料的濃氣，自二樓窗戶飄散出去，隔巷都能聞見。

高文從前在親戚開的中菜外賣打過工，借來營業用的大飯煲，我們在浴缸中洗米，倒進大飯煲裡煮。廚房四口電爐全開，分批燉肉。燈火通明到深夜，一夜沒睡。

活動當天，場子塞滿了人，滷肉售完，湯汁粒米不剩。其中有人嘗了，回頭外帶幾盒，神情複雜說：「這滷肉，好像眞的啊。」

是眞的。食物是眞的，想家大概也是眞的。

孤兒滷肉

媽媽癌末時期，最後一道從頭到尾手把手教我的菜，也是滷肉。自己揣摩學會的，和完全複製她的版本，是兩回事。

有時聽聞別人說，想念家裡某某從前燒的什麼菜，但人沒了，菜也一起沒了，就心生警惕。我的經驗是，若有什麼一生持續念想的菜色，趕得及，就應該設法學會。以後長路走遠，恐怕前後無人，把一道家常菜反覆練熟，隨身攜帶，是自保的手段。逝者喚不回，如果連菜也丟了，味覺以後就再也無處可泊岸。

媽媽病中，站立三分鐘都疲勞不堪，但滷肉的開場，將豬肉煸炒到必須程度，需十幾分鐘，她全程站著，爲了讓我見到應有醬色。她逐步解釋，我凝神狂記，記下的全數緊握不放。

滷肉有兩派主流做法。一種是豬肉飛水後，加水和佐料一起燉煮，另一種是我家這種先炒後燉的。不知是否因爲商人家庭講效率，我家燉什麼肉，都先煎炒過。滷肉如此，紅燒牛肉也是，連燉羊肉湯也是。炒了再燉很有好處，油都煸出來了，肥肉也不膩，且能定形，肉軟而形不散。

豬肉必須是本地溫體黑豬，凍肉差太遠了，不如不燒。黑豬也有假的，有信譽的肉販，會在皮上留幾撮黑毛以示身分，記得鑷掉。我媽指定部位，不是常見的三層肉，而是閩南語發音的「太興」，帶皮肩胛肉，豬頸以下胸上這塊，肉味濃郁，久燉不爛。太興量少而暢銷，前一天要先跑一趟市場，請肉販預留下來。我慣去一家中山市場的肉販，現已開放用 LINE 預約。

我自己的版本，一塊太興，會多混一塊三層肉同鍋燉，有時候加豬皮一塊，取其油豐膠厚。大鍋滷肉更美，肉少熬不出足夠膠質，連皮帶肉切厚方塊。

熱鍋，鍋底只下薄油，豬肉入鍋，皮烙到起泡見痕，豬肉本身的油脂，滋滋地冒出來。要耐性，炒足時間，直到每一塊肉都上色，微帶焦痕。將肉撇到鍋子一側，或是另取大碗先盛起來。此時鍋底已積了不少豬油，入一整碗的紅蔥頭薄片，和兩瓣大略拍過的蒜，轉小火，將紅蔥在豬油裡炸酥，幾乎成了油蔥，小心不能焦，瀝油盛起來。

再炒糖烏。

油裡炒糖，轉化成焦糖的狀態，我媽總是用閩南語說：「炒糖烏。」從來不講華語的「炒焦糖」或是「炒糖色」。我媽留下來的筆記，所有滷水，成分裡都有「糖烏」二字。台式滷肉不同於江浙菜中的紅燒肉，顏色燒起來比較淺，亮棕色。顏色紅，像下了色素，其實靠的是糖烏。且糖擱得根本不多。我們全家是北部人，無論燒什麼菜，糖都放得不多。

糖融化後轉成糖烏，金色的糖烏，眨眼就會徹底焦黑發苦，要格外注意。糖色一轉，速速將肉傾回鍋中翻拌，肉裹上糖，速在鍋邊嗆半碗米酒，再嗆醬油。我媽交代，醬油和酒一定在鍋邊燒過，不能直接澆在肉上，醬油遇鍋熱，滋一聲瞬沸起來，才出烈香。最後兌清水，醃過肉，油蔥也入鍋，嘗嘗味道，比喝湯略鹹，就轉中小火，加蓋燉煮。

我家滷肉，不太愛放五香或是滷包。香料僅有兩種，中藥行的上好白胡椒，一到兩枚八角。肉用上好的，醬又炒得香，就足了。滷包算是花腔，過猶不及，不如不放。過程中，撇掉浮沫，直火燉煮到軟。不能求省事置電鍋，也不能用壓力鍋。肉軟而不入味，色澤亦遜。

母後至今，如遇困難，無端端孤兒意識滋長起來的時候，就滷肉。慢慢切件、翻炒、滷一大鍋。趁熱下肚，以治心堵。當香氣開始流瀉在小公寓裡，就回去和兒時那個完整無缺的家族團圓。

年菜兜麵

家裡有道老菜，只在年節時製它，我們家以閩南語喚它「兜麵」（tau-mī，一般寫作「抳麵」）坊間有稱「兜錢菜」的，或是直稱「糗（khit）番薯粉」，是一道褐色半透明、黏呼呼的澱粉菜。

父母雙方皆世居台北，追溯原籍，一邊是福建泉州晉江，另一邊是泉州同安。

兩家過年都必備兜麵，我自小當它是元宵湯圓、端午粽子那樣天經地義的食物。直到屢屢與朋友說起，衆人一臉發怔聞所未聞，才覺得應寫它下來。

如今是萬事可買，年菜也在館子裡吃的時代，偏這菜在坊間完全不可得，只能家裡做。

兜麵不是貴物，但需從湯湯水水的芡汁開始，熱鍋裡連續使勁地拌和，直至澱粉熟化成團，菜肉都鑲在半透明的糰子裡頭才成。製作分量愈大，愈費手勁與時間，加上各家各戶喜愛的餡料、鹹淡和軟硬皆不同，唯各自家傳，成爲味覺私史。

兜麵豐儉由人。奶奶家年菜樸素，兜麵亦色淡味稀；媽媽娘家版本則材料華麗，有干貝魷魚等鮮物。我現年八十歲的美鳳姨嬤，說她兒時物資有限，當時的兜麵僅以少許蝦米爆香，祭祖之後，把冷糕糰烙酥，蘸海山醬吃，也很高興。

兜麵裡若擱魷魚、乾香菇、蝦米，可提前泡發，干貝泡好蒸開再拆成細絲。另備肉末，胡蘿蔔絲添色，要緊是起鍋前要入大量的芹菜珠增香，家裡還會放脆口的豌豆絲。細緻點的作法，一切材料都盡可能細切（連蝦米都切得更碎），才不至於咀嚼時扎口。起油鍋，油可略多，豬油爆香紅蔥直至酥香，蔥酥撈起，才逐項下肉末蝦米魷魚香菇炒至出味，可摻白胡椒，然後以高湯、泡發乾貨的汁水，稍稍淹過材料，醬油染點顏色，燒至滾而鮮濃。調味稍重，因爲入芡後稀釋，再凝結時，調味已定型，就不易再改。

地瓜粉調水成濃粉漿，入鍋與湯汁和勻，「兜」的動態自此始。待粉糰稠濃上來，以堅固鐵鏟或木煎鏟，全程大火連續攪拌，發出鐵鍋鏟刮觸鍋底時的短音，閩南語稱作糗（khit）。炗水燒稠，逐漸攏成團時，更需用力拌開，否則外邊熟了，中間夾生。

家族成員衆多且都熱愛兜麵，每年製大分量才夠分食，攪拌時常弄斷鍋鏟，須指派家中力大之人掌勺。最早是外婆，外婆老了做不動，就打電話喚媽媽和阿姨兩姐妹奔回來糗，近年則都是最威武的小舅舅。兜麵時炒鍋會激晃，要另一人幫忙扶著鍋柄。後來每逢兜麵，就成一個全家圍觀的活動，其中有掌勺的、壓鍋的、投料的和來亂的。

作爲年菜，味道是一回事，重要的是成爲吉祥話載體。

母語裡吃雞起家、吃魚有餘、吃豆吃到老老（長壽），兜麵爲其中意涵最繁複多層的。年節吉祥話十之八九與發財相關，兜麵將豐富餡料鑲住，象徵帶財啊鑲金包銀；粉水兜至黏稠糕糰，象徵黏攏家人，團結一心。實際上也是，這菜根本要全家組隊才能完成。

完成的兜麵爲糕糰狀，軟彈晃顫像凝固的鮮湯。一年製一回，偶有失手，太稀則糊，太稠又韌口。兜麵兜得好，掌勺和備料的人在年節期間享無上光榮，家族成員一面嚼食，一面沒完沒了的讚嘆：「今年的兜麵比去年Ｑ啊，去年不太夠。」「今年鹹淡剛好。」「今年魷魚眞多啊。」

冷卻的兜麵彈性佳，可煎來做點心吃。回鍋兜麵，比原始版本更被喜歡。家人圍在爐火四周，以筷子將兜麵分切成一口大小，在鐵鍋裡烙出脆底，邊烙邊吃。

因爲熱黏燙口，吃它時會咿咿呀呀的呵氣，話不成句。

廣陌世間裡，一群血緣家人，數代延續一道年菜這樣的事，不能小覷。要是數代人不離散，且一直有人願意接手方能達成。今日許多人看待年菜，是年獸一樣恐怖的差事，很樂於委託專業人士代理，到外頭買，或乾脆館子裡吃，這也沒有什麼可非議的。負責做年菜的人，爲了過年累成什麼樣，大家知道，且捨不得，不如委外省事。但如果只留下一道年菜，作爲家庭文化遺產，在我家就是兜麵。文資保存一向有賴衆人的共識和投注心力，而我們至今維護它。

隆重炸物

油炸隆重，油炸熱烈，炸物宜於分享衆人。因此炸物宜宴客，尤其宜過年。

但炸物明明遍地都是，幾乎要成粗糙小吃代表。比如到速食餐廳裡點上一筐不知是肉還是粉的炸雞囫圇吞下。或鹽酥雞攤販，將一切食物，投入濃茶色的濁油裡弄熟，撒厚鹽胡椒，入防油紙袋，戳竹籤數根，豪情萬千而稍顯魯莽的那種炸物。

當然不是那樣理所當然的。甚至炸物成了太易取得，而反被嫌厭的食物，也是當代的奢侈。

以大鍋油脂烹熟一批食物，在不遠之前，六、七〇年代沙拉油取代花生油、豬油普及之前，在物資有限的樸實社會裡，始終是昂貴隆重之事。《蓬萊百味台灣菜》的黃德興師傅，回憶日治時期知名台菜餐廳「蓬萊閣」所使用的炸油，皆以豬脂自家煉製，只炸過一回的餘油和油渣，還能讓員工帶回家。

新油金黃澄淨，如光明亮。熱油裡滴水不容，食物入鍋，細泡沸騰滋滋發響。油炸在視覺或聽覺上，都壯烈華美。因此炸油如今雖不是太費錢，啟用一瓶新油，咕嚕咕嚕倒入鍋中時，仍自然地心存敬意。

在家油炸食物，當然比水煮清蒸來得有門檻，炸太少不合算，炸完洗那口油鍋也辛苦。在家油炸被視爲畏途，氣炸鍋這幾年才流行成這樣，反應人們對酥脆口感的不能放棄，和面對油鍋的眞實障礙。但我是練過的，時常去炸，在心生節慶之感，比如過年、宴客、三五好友來訪的時刻，以油炸食品來款待衆人，家用油乾淨，做些外頭不炸的老食物來娛樂衆人，也是一份油亮清澈之情。

我能炸一點東西，是和我媽學的。而我媽特別會炸東西，則是環境的造就。

「在家油炸食物」若成立競賽項目，那我媽可能是國家隊的級別。除了大家族餐餐開伙，家裡過去員工近百，不訂便當，是由雇主供餐。我媽十幾歲，就負責張羅百人吃飯。油炸是熟化食物最快速的形式，人多受用，因而請客時炸，過年更是大炸特炸。家裡早年有磚砌大灶，接快速爐，凡炸東西，用油數升，國家隊是這樣練成的。

因此我媽對炸物嚴格。上館子吃飯，我媽嘗一口炸物，卽瞇細本來就很細的眼，以閩南語喃喃：「含（kâm）油，袂曉糋（tsìnn）。」指食物油膩不蓬鬆，不懂炸。炸物含油，通常因爲油溫太低，殘油沒有大火逼出所致。反之，若襯墊的油紙上，油印寥寥，食物表面乾鬆，放冷入口，不咬出一汪油，那就是「勢（gâu）糋」，會炸。

館子曉不曉炸，在我媽看來，是一條廚藝及格線。不同路數的烹飪，可能因食材有別，調味偏好不同，容有各自表述的空間。但炸物乾爽酥脆是基本功，如果純論油炸技術，世上只有爽脆的成功炸物，和不爽脆、爛糊含油徹底完蛋了兩種。炸物若壞，廚房基本功恐怕太差，其他菜色十之八九，可以不必期待。

自小跟著炸物國家隊的我媽及我外婆，看她們激烈的炸東西，多少學一點技術皮毛，日後在窄小的公寓廚房裡操作，亦總是靈驗。倘若我可以，諸位也不妨試試，在此分享兩道我家的年節炸物，菜色老派但確實好吃。

從來不入廚房的人，要是能弄出這幾個菜，席間亦有驚嚇長輩的效果。他們可能因爲嘗了一口，想起他媽媽阿嬤，墜入懷舊情懷，心生溫馨，而忘記催你去結婚生孩子，或問一年下來掙幾個錢等等，增添年夜飯正面談資。

雪白炸花枝

這是我外婆的老菜，靈感可能來自福州菜，但已不可考。花枝炸出來雪白如花團，不是金黃色，非常貴氣。大稻埕的福州菜館「水蛙園」裡的五味花枝，炸出來就是白的。但水蛙園用的是五味醬，若要相似醬料，則很類似台南的「阿美飯店」裡的洋燒花枝。此菜一出鍋，必須盡速上桌，花枝酥脆，醬汁討喜，以網球比喻，是席間一記致勝的愛司球。

先做淋醬，接下來專心炸花枝，才不會忙亂。

碗裡擱兩大匙糖，用微量熱水，稍微融糖，入醬油 100CC 和黑醋 50CC，醬裡拌入大量的蒜末、蔥末、香菜末，酌量入辣椒碎，一茶匙香油，調勻成濃稠帶甜味的醬料，備用。

挑厚身花枝（墨魚），去皮膜，除內臟，將花枝攤成平面，表面以淺刀刻十字花，炸成就張開，樣子好看，且能銜住醬汁。再切成3×6公分的長方片，花枝炸了會縮許多，不宜切太小，維持口感，醃少量料酒和白胡椒。

粉是九成地瓜粉、一成太白粉混勻，這道花枝炸起來雪白，而非金黃色，故不用雞蛋。花枝在粉裡兜勻，稍用手勁將花枝身上的粉捏緊，餘粉抖掉，一旁擱著返潮，同時燒油。

油炸不論鍋子大小，鍋身厚，寬口爲佳，油溫不易驟升遽降，另備大漏勺，關鍵時刻，將炸物俐落一次撈起，不慌不忙，油炸時最要緊的，是心頭定。

花枝入油鍋，起許多油泡而沒有升煙，即是理想油溫。開始十秒別擾動它，使其定型，此時攪動，粉會散開，弄得油濁。二十秒時撈起，旁邊擱一下。

大火使油溫升高，把花枝一口氣下鍋，會霹靂啪啦的激烈起泡，這是二回炸。二回炸十秒即可，可有效逼出殘油。盛盤，淋醬，上菜要快。

芋棗

芋棗是我父系家族的年節必備點心，奶奶過世後，我和弟弟擔心再也吃不到，在家試做多次，終於讓我們做成。芋棗在傳統市場炸物攤子和夜市裡，偶能買得，但口味不及家裡做的。芋棗作法容易，且人見人愛，大家可以試試。

芋頭去皮，切成厚片，蒸透。

熟芋頭中，入許多細糖，趁熱壓泥到糖化開，試吃一口，須比喜好甜度略甜一些，接著入油脂和粉類，調味才會剛好。趁熱擱兩匙植物油拌勻，別用橄欖油或苦茶油等氣味鮮明的油脂，會搶戲。加少量豬油，能明顯添香，但不能全以豬油代替，也會搶戲。

等比的麵粉太白粉混合，大約混出一米杯，入芋泥一起揉勻。粉的用量不需多，夠成團即可，粉多芋頭就不香了。分小塊，揉成 5×3 公分左右的橢圓形。

我和弟弟，吃了二、三十年的芋棗，是芋棗的純粹主義者。坊間亦有人在芋棗裡添五香粉、油蔥酥，或包鹹蛋黃、肉鬆、紅豆沙、麻糬等等，甚至有外頭裹粉再炸的。愛加的去加罷，我們是不這樣幹的。

油鍋燒熱，先扔一顆芋棗下鍋試，起大泡才好。油溫過低，芋棗會在油裡化開，潰不成形。同上則，剛下鍋的前幾分鐘，不要擾動，芋棗炸定型。中火炸至金黃，起鍋前火校大，炸至淺茶色，即可起鍋。

最後，既然起了油鍋，高興炸什麼，都可以順道炸一點，甜年糕用潤餅皮裹起來，裡頭放一把花生糖粉，炸。剁一點蝦泥、豬肉末和韭黃，包成春捲，也炸一炸。年節時吃炸物，嘩啦嘩啦咔滋咔滋的出聲響，添過年熱鬧。

芋頭的天分

今年春節，用七隻芋頭，捏了上百顆芋棗。世上多少芋頭菜色，仍要從芋棗開場，那是我的終極芋頭食品。

奶奶在世時，每年年夜飯都有芋棗。這是我弟弟最喜歡，且唯一喜歡的芋頭食物。奶奶過世以後，不進廚房的弟弟，爲了芋棗，竟約我一起復刻這道菜。

因爲沒有見過奶奶的作法，只能憑味道去猜。測試不同的糖，白糖、二砂、冰糖、椰糖。以及不同澱粉，地瓜粉、太白粉和麵粉。油脂試過菜油、奶油、豬油、鵝油、冷壓花生油、椰子油。失敗了幾批，才模擬出很相似的口味。長輩過世以後，父系家族除夕的年夜飯就分開吃了。我們將這一道菜帶到母系家族。母系家族過年人多，芋棗太受歡迎，一日下來，竟然吃掉上百個。最後連弟媳和小表弟，都來幫忙揉製。

芋頭蒸熟，壓泥，入糖、油脂與少量澱粉，和勻。既叫芋棗，而非芋丸，就要搓成金棗大小的橢圓形，油炸而成。冷天裡在油鍋邊等，出鍋就捏起來，邊哈氣邊吃，薄薄的脆殼在齒間碰碎，裡面芋泥熱燙。做芋棗的芋泥不過篩，所以不算細滑，還有點咬感，非常香口。

好友全家是台南人，只見過芋丸，從未聽過芋粿。因此有一說是北芋粿，南芋丸。可見芋粿是某一撮台灣人的傳統食物，不是通識。既稱丸，形狀是圓型，尺寸較大，且包餡，餡料從鹹蛋黃、肉鬆、豆沙的都有。台北寧夏夜市裡的馳名攤販「劉芋仔」，就售這樣的芋丸，另售芋餅，總是排隊老長。

一位朋友的父親，是萬華退休的辦桌師傅。說起過去辦桌，炸物一節，供應的是自製的芋粿，當時的版本是包餡的，餡心是糖冬瓜，現在沒見過這種包法了。

我家在台北城郊，逢紅白事，鄉人仍然辦桌，只是今日辦桌使人洩氣，別說手工製的芋粿沒有了，炸物都是工廠的半成品，馬蹄條這種不是台菜脈絡、便宜行事的菜都上桌了。甜點乾脆發送品牌冰淇淋，直接放棄掙扎。小時候辦桌，外公指定的大師傅，叫「甲仔」（閩南語發音「尬耶」），甲仔燒的老菜，現在都不能忘記。當時甜點，是手工冰鎮梅汁蕃茄，紅蟳米糕的油飯也由師傅親自炒，比當今的名店都香。

我家版本的芋棗是純甜味，許多芋棗，會製成半鹹甜。芋棗內擱油蔥、五香粉或胡椒。「欣葉餐廳」李秀英阿姨的食譜，就有一道咖哩芋棗，芋泥中裹了咖哩味的肉餡。

能做成甜味、鹹味，或甜中帶鹹，恰好是芋頭的物性。根莖類之中，芋頭卽便熟了，仍比較乾口，多纖，好處是中性，不似番薯或南瓜自帶甜味，水分又多，適合直接吃，所以芋頭宜加工，添油加糖，或摻其他澱粉。

喜愛芋頭的人，住在亞熱帶的多濕島嶼台灣很受寵顧，因爲本產檳榔心芋品質上乘，故我們樂於將它廣泛地入菜或製成點心。

料理芋頭，很倚重芋頭的天分。菜場裡，常見商販取一隻芋，削出切面讓人窺視。紫紅筋絡均勻的，或掂在手裡輕的，粉質重，熟了才鬆化。

若遇壞芋，質地堅，搗不爛，要把硬塊挑出來，通常還不香，怎麼調味也難救。總結出心得，就是做芋頭菜，不必急著燒，倒是採買要仔細。質地好的芋頭入手，不易難吃。八月以後到秋冬，大甲芋的品質最好，其他季節需碰運氣。若無好芋，放棄都不可惜。

買了好芋，還得捨得。削皮時削得深，從外皮往內削去一、兩公分左右厚度，只留芋心。我常去華新街市場裡的一家熟食鋪，買炸好的芋頭塊回家下火鍋，此鋪只採芋頭心，多餘的讓別家拿去加工成別的。

芋頭從成形到不成形的，樣態很多。芋頭如果擬人，大概是老好人，總是幫襯別人。它和音時多，個唱時少，灰撲撲的墊在其他主食下頭，燒成芋頭扣肉；敷在鴨肉上一起炸，成香酥芋泥鴨。

芋頭完整到爛糊，化成什麼形都好吃。

原形芋頭，切塊炸酥，在火鍋裡或佛跳牆裡燉出絨。我吃佛跳牆，魚翅鮑魚魚皮鵪鶉蛋都不吃，排骨酥外頭那層麵糊特膩，也不吃。專挑湯裡墊底的栗子、筍絲和芋頭吃，這些才吸收了所有鮮湯。

吃芋的原形，還喜歡它與牙口牴觸，咬著化掉，漸漸的香。潮州菜系裡的工夫菜「返沙芋頭」就是。講究的做法，也是頭尾邊緣削去大半，只採芋心。切粗段油炸定型，在濃糖水裡反覆炒至糖結晶，成瑩白色掛霜。熱吃，糖霜薄緻，和芋一口鬆化，華美非常。

絲狀的芋，生芋絲敷在肉餡上一塊蒸熟，就是鹿港的芋頭丸。芋頭絲和米漿拌糊，塑成扁橢圓形，兩端揪得翹翹的去蒸，就成芋粿翹，現多寫成芋粿巧。我這樣閩南家族長大的小孩，覺得將芋粿巧，用稍多的油，將皮煎到赤赤，蘸蒜茸醬油吃，芋頭巧最香也最巧。

芋不能生吃，有小毒。故無論成形或不成形，最終都是吃它熟透化散。因此終極芋頭製法，當然是芋泥。芋泥是傳統甜點的要角之一，兒時上中式餐館吃壽宴，最期待飯後分得一小碗甜芋泥或芝麻糊，如今不多見了。一切費時，手工密集，要求耐性的事，未來都要愈來愈少，或要重金去換。

叫得出名字的芋泥甜品，就有福州式的芋泥，潮式的福果（白果）芋泥，江南的八寶扣芋泥。主成分皆是芋頭、糖、豬油。細膩如福州芋泥，拌入的除了糖和油，就是人的氣力和時間。芋頭過篩不止一次，隔掉粗筋硬塊，油下得多，才得極致的幼滑。

芋泥眞是非常東方的材料，咱台灣人除了愛戴它，還極能變化它。當代芋泥，將油脂換成奶油或其他植物油，還將之包進芋頭酥，抹進海綿蛋糕作爲夾餡，弄成芋頭奶茶芋頭布丁什麼的，它始終不是席上最貴、賣相最佳的菜，但是粗樸雋永，怎麼翻來覆去的吃它都好，都被撫慰。

外來的年菜——高麗菜捲

弟弟從前的女朋友，後來成爲弟妹，在兩人剛交往時，弟妹一回商借我家廚房，做幾個菜請我們。當時除了玉子燒和味噌湯，還做了高麗菜捲。我當時暗暗吃驚，暗暗叫好。

高麗菜捲是奶奶的年菜，在我家餐桌上至少六十年。

從我爸爸有印象開始，到奶奶九十歲過世，高麗菜捲年年出現在年夜飯上，確確實實超過六十年。我奶奶每年做這道菜，因爲她是日本時代長大的姑娘。我的弟弟和弟妹，也都在東京住過幾年，弟妹做這道菜，用日文食譜。這裡說的高麗菜捲，不是俄國式，不是中歐或義大利那樣在茄汁裡燉軟的，而是日式的，或起碼是台日混血的那種。

奶奶是艋舺人，娘家鄰近青山宮。出生時是昭和元年，也就是一九二六年，在日治時期生活到終戰時十九歲，已經出社會了。我奶奶是職業婦女，雖然領有助產士執照，但是沒有執業，而在東園町公學校，也就是現在的東園國小，擔任駐校護理師到退休。這位識字的昭和姑娘，往後人生仍持續閱讀日本婦女雜誌，看 NHK 和相撲，八十幾歲仍天天舉著放大鏡讀報紙。

作家新井一二三的著作《這一年吃些什麼好？》裡高麗菜捲這一篇，說日本人的高麗菜捲，是明治維新以後才向西方學來，有紅色（茄汁）、白色（貝夏美醬）、和風（柴魚醬油）三種。既然高麗菜捲在日本，都算是外來菜色，我們在台灣吃的這種混血和風路線，更是外來的外來菜色。

我爸爸自小吃高麗菜捲，我自小也吃，幾十年來未曾疑心過它的來處。直到弟弟到日本念書，打電話回家報平安，說起淺草，凡路上走動的、穿西裝的老先生，看上去都像爺爺；又，凡關東煮，裡頭都燉著奶奶的那種高麗菜捲。這是高麗菜捲它老家，爺爺奶奶的場景布幕啊。然後弟弟奇怪起自己在家時根本不愛吃高麗菜捲，他鄉見到，想起祖父母，見一個吃一個。

高麗菜捲是奶奶的年菜，但不算最受歡迎的那種。

這是道預做菜，通常在我們返家祭祖前已經備妥，我沒親眼見過奶奶料理它。我家過年必備火鍋，湯裡滾著貢丸、魚丸、白蘿蔔，高麗菜捲當成火鍋料，一起燉在湯裡。可是年夜飯好菜太多，有烏魚子和佛跳牆吃，還有眾人熱愛的炸芋棗和兜麵，小朋友嚮往沙士，誰關注那鍋湯呢？

因此高麗菜捲它只能浮沉，燉一晚上無人聞問。大家吃飽了收拾碗筷，電磁爐收妥，湯鍋留桌上，飯紗罩蓋上，客廳麻將聲起，《龍兄虎弟》除夕特別節目都開播。高麗菜捲，它還在鍋裡，且有些糊了。

守歲至午夜，燒金完畢，外間鞭炮聲此起彼落，我們起身準備回家了。此時奶奶把預先分成一家一包的冷凍高麗菜捲取出來，讓我們帶走。嬸嬸們通常推辭，我家則一定收下，因爲我爸愛吃。

由於工序麻煩，奶奶一旦做起高麗菜捲，就批量生產，庫存總有不少。

奶奶的高麗菜捲，因爲是自家吃的，魚漿擱得少，絞肉放得多，用料確實。與坊間不同的是，她還放荸薺丁，軟裡脆。光是在肉餡裡放荸薺這件事，就與日本脫了鉤，是台式靈感。最後用蒲瓜乾在菜捲中央紮上小結，像只小包裹，在湯裡煮久也不散開。

但那蒸熟又凍過再入湯鍋的高麗菜捲，通常已走味太多，蒲瓜乾韌口，帶股酸味，不得孩子緣，年年元宵過了都沒能吃完，唯我爸頑固捧場。再大點，雖每年仍見到高麗菜捲，但只當它是個遠房親戚，已完全不吃。奶奶過世以後，也吃不成了。再吃到，就是弟妹做的。

弟妹的版本鮮美俐落。她將高麗菜葉拆下來，逐片提著，菜幫子先入水燙軟，整片菜葉才滑入鍋，數秒即起，菜葉軟得足以包餡，但仍甜脆。餡料不下魚漿，純將豬絞肉混入洋蔥丁，下鹽和胡椒調味後就捲起來。封口處貼著盤面，一個挨一個，放滿一盤入蒸鍋，大火蒸透。出鍋時，菜葉還綠，盤底多一汪金色高湯，鮮得出奇。

短時間清蒸而成的高麗菜捲，未經久燉，菜葉甜脆，肉餡飽含汁液，一年四季都有的食物，但永遠像亮水綠色的晴朗春日。滋味難忘，隔天立刻再做一次，往後外頭見到也願意吃了。我的家庭老菜，歡迎它回來。

這個菜外頭賣得不多，傳統市場裡專賣火鍋料的店，即攤上賣許多魚板和丸餃的那種店，有時會備，倘若賣得太便宜，一捲二、三十塊錢，餡子裡都是魚漿和澱粉口感，食而無味棄之可惜。在外頭吃，就去幾家兼賣關東煮的台式日本料理店，如華西街夜市「壽司王」或「添財日本料理」，皆是六、七十年老店，都在台北的老區域，而且高麗菜捲自家做，不用工廠貨。

有一種小吃攤，看上去就知道食物不會離譜，壽司王是這種。它賣台式的壽司手捲等，兼有一口關東煮鍋，鍋中柴魚湯汁始終暗沸著，少許潑濺出來，每數秒就被老闆拭乾淨，老闆是初老年紀的人，老店第二代，沒做菜的時候，總在擦拭台面，攤子有著非凡的清潔感。壽司王的菜捲是良心製品，用上好的高麗菜，餡料飽嘟嘟全是真東西。

添財日本料理在開封街和武昌街上各一家，我愛去城隍廟側巷裡的武昌店，爲它的海釣生魚片如金目鯛，台式那種沒有一點飯的手捲，或那木造環境中，滿室家庭聚餐人口的樂融融的老店氣氛。並不是每次都點關東煮，但盡可能坐板前，靠近關東煮鍋和壽司師傅前這排座位。

這個位置看鍋也看人。關東煮鍋邊的阿姨，必須資深，專門照料這鍋食物。鍋的寬度有一公尺上下，是口大鍋，裡頭十多種材料，蘿蔔、芋頭、豆腐包、牛蒡、甜不辣等，拼圖似的將鍋塡滿，豐盛成景。食材遇缺就補，阿姨且不停往上澆淋湯汁。高麗菜捲一次只燉五、六卷，賣得差不多再添補，這種專人顧在爐邊的關東煮，不會燉過頭，軟而入味。阿姨負責將材料切成適口程度，才盛上桌。

添財的高麗菜捲，是從創業至今都有的菜，每日鮮製，餡子是絞肉加上少許魚漿，僅整個菜捲的三分之一量。餡料是點題用的，高麗菜才是那個題。菜捲切段，可見高麗菜捲成厚厚數層，如一個瘦牙籤般的人，穿蓬鬆的羽絨外套。菜捲燉得非常柔軟，咬著菜汁湧出來，吃它菜甜而非料豐，也很可口。

不將世上萬千種風格的高麗菜捲都算進來，光本文中的菜捲，風格就各異，可見各自表述的空間太大了。綜合各家作法，輪到我自己做，就成下面這種。

向弟妹學，清蒸不燉煮留點咬口。向兩家老店學，高麗菜才是題旨，挑質地好的，確定甜的，稍貴都不要緊。冬季的菜捲很容易好，因爲高麗菜好。

餡料是八分絞肉，兩分魚漿。魚漿用量少，不必買，半化凍的白魚、花枝或幾顆生干貝，在案板上切細再剁卽得，市面魚漿添加的澱粉、味精，也就少吃一點。絞肉魚漿拌勻打水，可以打一點柴魚高湯進去。凍絞肉摔不出膠，須用鮮肉。

帶脆口感，向奶奶學。放荸薺和洋蔥丁，不切太細。胡蘿蔔丁切細也放一點。香口的東西酌放，香菜梗（不用葉）切得特細，拌一茶匙進去，再加微量薑泥，可辟肉腥，香菜和薑泥作爲暗樁，最好吃不出來。

一顆大高麗菜，只挑寬葉，能做出十個上下的菜捲，這菜要費一點時間，但年菜不是一般食物，年菜是儀式食物，若一切得來全不費工夫，儀式感也就微乎其微了。這道老菜到我手上，它改頭換面，重回年菜隊伍，我以它紀念奶奶。

輯四

茶與茶食

港島茶記

媽媽奠禮後不久，去一趟香港。

週五清早班機抵港，全市綿綿密密地安靜降雨。乘巴士進城，襲自英國的雙層巴士，登階二樓無人，坐首排座位，眼前玻璃高闊如屏幕，視野隨車輕微搖晃。

前方高樓入雲，天色鉛灰，巴士在高架公路上行駛，公路孤懸海上如在半空飛，往下望，海面星布無人居住的碎小島嶼，雨水浸潤以後成濃綠色，像是百餘年前，無太多人，無摩天高樓以前的香港，原是那樣蒼莽野生的熱帶綠色。

香港與澳門，是我媽媽十七歲少女時期，第一次出國旅行的地方。戒嚴時代，出國是大事，是全家盛裝打扮送到機場，主角頸繞花環攝影留念的，那樣不能磨滅的一天。憑外公貿易公司名義申請，少女媽媽得以初次海外旅行，不確定她初抵香港時所見的景色，但是首次離家，乘飛機到達的地方，誰都不易忘記。往後她時常提起香港之旅，我們老是說，香港這樣近，隨時都能再去的。

到底她沒有再來。

巴士疾馳，從朗朗天地，蜿蜒駛進水泥叢林，穿越窄街上巨型店招與川流人群，抵達香港上環。酒店位於西港城附近港澳碼頭旁的高樓，房中布置摩登簡潔，空調送來清冷現代香氛，落地窗外，海面平坦，船隻如默片移動。然而一出酒店大門，與寂冷摩登空間高度反差的，是上環海味街鮮濃的海味乾貨氣味。

上環是香港移民華人最早聚市的區域之一，海味街不僅一條街，而是幾條街交匯成的小區，以德輔道西爲主，臨近的文咸東街、永樂街、高陞街亦屬範圍內，售鮑參肚翅、瑤柱、蝦乾一類的海味乾貨，亦有中藥鋪，與台北迪化街幾分相似。海味二字用於此，多義而傳神，市街臨海，行走其中，濃濃氣味亦如浪起伏，是大海的鹹腥與甜味。

家族經營貿易生意，外籍和本地的賓客往來，大宴小酌不斷，早年卽有深厚宴客傳統。外婆和媽媽都能燒一些作工繁複的台菜，受海外友人影響，有些菜色，並染有一點潮州菜的神韻，海味多用且調味濃鮮。媽媽家中品質較好的海味乾貨，如當代顯得十分政治不正確的排翅、燕窩，或花膠，或乾鮑魚，甚至禾蟲，許多是由外公好友，原籍潮州的世伯，自港小心攜來。樸實年代，舶來品除了新奇華麗，回憶起來尤其如夢亮澤。我深深嗅進一口海味街的空氣，想我媽媽圓圓的、膨潤白皙的臉，能想見她在此街市，那些橘色的燈泡底下，興奮得一臉發光。

——

這一帶有路面電車，叮叮叮叮的響鈴過市，行進速度古老，且無空調，城市的空氣污染和濕黏雨霧都穿窗而入，人在車中，亦如走在街上，五感清晰。乘叮叮車從上環往中環，在茶餐廳吃一件蛋塔喝杯厚奶茶，然後連續的登上階梯又走下階梯，回上環去尋找茶葉。

媽媽在家族企業上班，從高中畢業的未成年少女，到近六十才因病退休，一生沒換過工作。辦公室是娘家的延伸，老闆是外公，舅舅阿姨都是同事。辦公室玄關旁的茶水桌上，長年備有一壺鐵觀音，玻璃茶盅裡的茶不能見底，隨時補充。彼時還不興辦公室裡擺咖啡機，人人工作到一個段落，就起身倒杯茶喝，因此我媽除了管人管帳管發薪水，還管泡茶。

茶葉來自香港「福建茶行」的鐵觀音，偶爾喝同區「嶢陽茶行」的水仙。媽媽有癖，不喝白水，覺得有生味，日常習慣飲茶替水，外公亦從不喝水，午餐和晚餐時固定飲酒，其他時間飲茶，長年如此，說不上健康，但總之是家族頑固。

小學放學回家前，先到媽媽的辦公室，以台語向外公問安：「阿公，我轉來啊。」並觀察外公的玻璃杯，水位太低便要為他添茶，同時要站在桌緣，對外公簡述一天發生的事。台語發音有誤，會被媽媽當場糾正，說不足五分鐘，榨不出話想逃跑或放空發呆，外公低聲哼一聲，媽媽便會令我站好重講，這是我媽有意識的設計，要熟習母語，還要好好跟長輩說話。

彼時公司營運已交棒給舅舅，外公退休後，仍每日進辦公室，為一種勤力的精神象徵。正經的老派男子不能不上班，且日日襯衫漿挺，髮乳梳得頭光臉淨。一手創建的公司即是疆土，他每天坐鎮其中。

外公因為不必辦公，因此老在讀報，我說話的時候他都聽著，只是未必抬頭，覺得有點吵了就一擺手，表示可以停了。

替外公添茶和倒酒是我的工作，重點在分寸。外公的一切，都有他自訂的秩序，茶杯是專用厚玻璃杯，有水藍色網印刻痕，不與其他家人混用。倒茶時，水位七分正確，七分半完美，不得超過八分。倒得過滿會被責備，茶都倒不好，那是失家教。整套沏茶及日報的儀式完成，輪我可以倒一杯茶給自己，坐媽媽身旁邊寫作業邊喝。當年竟無人覺得兒童攝取過多茶鹼有何不妥，實際上我自己亦喜歡，因為那種鐵觀音好喝極了。

福建茶行馳名的鐵觀音，茶葉源自福建安溪，但老鋪自成品牌的關鍵，是創業以來堅持自家焙茶，以保風味。該鋪鐵觀音茶，與台灣如今常見的鐵觀音是兩回事情，是重焙火的熟茶，茶湯呈紅亮琥珀色，入口厚滑津潤，冷卻後仍一點不澀，可以成天喝。自小飲熟茶習慣，養出老派胃口，長大隨人喝包種和金萱這類剔透清香的生茶，有時刮胃，不能多取。

台灣本土自產好茶，而我家日日飲用的茶竟來自香港，必然有故事。外公屬於超級難伺候的長輩，對家人嚴肅，生活規矩族繁不及備載，但對朋友兄弟傾情慷慨，好得離奇，因此交遊廣闊，香港、泰國、馬來西亞各地都有華僑好友，時常來訪。

彼時有一種人情義理，現代人恐怕難以理解，比如把小孩放在我家寄宿，並在台灣就學，與媽媽舅舅們一塊長大。香港世伯的兩個兒子就這樣一住十年，家長起初可能也寄放一點安家費，但生意起伏若是辛苦，就每回來台探子時，帶一點手信，如魚翅或茶葉、藥膏充數。福建茶行的茶葉當年就是這樣一盒盒搬來的。後來孩子們返港，其後渺無音訊，但十餘年的飲茶習慣已深，不願間斷，就改託我的台商爸爸，從深圳進港轉機返台前，負責到上環大量買茶，攜回庫存。

彼時辦公室有一面落地玻璃窗，下午，強烈的西曬陽光穿過玻璃茶盅，使茶湯深沉的顏色一時輕盈。兒時飲茶的無數個下午，對我來說是凝固場景，場景中我筆直的、威嚴如山的外公總在讀報，媽媽踩著高跟鞋，在工廠鐵樓梯上下奔忙，餘音嗡嗡迴響，竟晃眼成昨日事。小孫女長大遠行，足跡比他們誰都更遠，鮮少回頭。先是外公不呼吸，再是磚砌的舊辦公室，擴建成巨型鐵皮工廠，與門前大榕樹一起原地消失。媽媽生病，直到媽媽也消失。一切握不住，時間冷靜，從來是人缺乏覺察。

至今仍清楚記得福建茶行的茶盒，是扁長方形的綠色或粉紅色馬口鐵盒，盒面印有飛馬商標，和中英文雙語產品說明，殖民地風格。媽媽和阿姨將空茶盒，拿來分類會計用章，或收藏從國際函件剪下來的精美外國郵票。電腦前時代，做帳和發薪水是大量人工和紙本作業，媽媽與阿姨的茶盒，是忙碌辦公桌上固定的風景。

阿姨在我媽媽病逝前，堅持退休。於媽媽病榻前輕聲說：「大姐我退休了。」媽媽無力說話，點點頭瞇瞇眼笑，表示同意。阿姨收拾打包的時候，什麼都留在公司，唯把鏽損得厲害、開闔太頻導致盒蓋變形的福建茶行茶盒帶回家。茶盒是戰友、紀念品，是親姐妹併肩工作的三十年。世人有時輕看物質，不知道人生難料，須有舊物相伴，回憶才能輕輕附著其上。

——

福建茶行在上環孖沙街，是條短街，我一不留意走過頭，轉身才見店招。門臉窄長店堂很深，裝修都是幾十年前的風格頗有年歲，老鋪室內反而淨簡，無雜物招貼廣告，櫃裡僅有茶葉、茶盒和茶具，燈光是日光燈管。掌店的先生，清癯瘦高，長臉深紋，眼神淡定而禮貌。產品種類並不複雜，多數人來問馳名的鐵觀音和水仙茶。福建茶行的鐵觀音分三級，有茶王、特級的和一般的。因爲不記得兒時飲用的鐵觀音檔次，只好盡力描述茶盒的樣貌。扁方形、大約這麼大，我曲起手指解釋，盒蓋是綠色、上掀式的。老先生聞言笑笑，表示知道我在二十年前確實喝著他們的茶，告訴說方形盒如今停製了，改成圓柱形的，但老派描金字型和紅色飛馬商標照舊，一眼能認。我決定買一罐鐵觀音茶王，並詢問泡茶方法。

很簡單的，老先生說。且走到茶桌邊，執起一支掌心大小的紫砂壺，簡潔說明。先燙壺，再擱茶葉，大約壺內的五分之一容量，他在壺身上作勢畫了條線。水滾沖茶，十秒就傾掉，算是洗潤茶葉，第二泡便能喝，泡三、四分鐘，此茶耐泡，六、七回後仍香。簡言之，水滾茶靚，並無花巧。

自茶行步行回酒店，天色已暗，下起滂沱大雨，雨水降在海面，弄糊了對岸的霓虹燈樓。大雨時候，人間反而安靜。我欲泡茶，然無茶具，房裡僅有兩只白瓷馬克杯、茶匙、電煮水壺。

開啓茶盒，拆開箔紙眞空包裝，聞炭香幽幽，燙杯之後，投一點茶葉進去，茶葉是球形蜷曲狀，色深黑。用少量水潤茶，再取新水煮沸，沖茶後燜著，再用茶匙抵著杯緣隔出茶葉，將茶湯濾進另一只茶杯。

酒店的黃色室內燈底下，仍清晰可見相同的琥珀色茶湯，落進淨白瓷杯，隨著微量濾不清的茶渣細粉，和來自舊時代的木質香氣一起蒸上我的臉，甜穩氣味讓室外的雨聲安靜，讓兒時光線，轉眼目前。氣味直接釣引出記憶深處的一塊，抿一口，味道與記憶疊合，在許多年以後，和許多的物是人非以後，茶仍是當年茶，教人深深感激。

當年的許多人已經走遠，就我和茶留下。憑一脈可循，成人獨立後的孫女及女兒，從一個島，到另一個島去找茶，或說找一點時間遺跡。往後多麼思念，也要將自己收拾好，專心泡茶，然後生活下去。

等茶時光

十年要喝多少茶？一日兩杯計，七千三百杯。

喝一種茶超過十年，女青年都成了中年婦女。我輩都會女子獨立，工作練達，生活裡也懂得伺候自己。如戒除熬夜、計較升糖指數、多食蔬果減攝零食。深愛的精緻澱粉白米麵包，也得減半。但茶是不能不喝的。我的茶是英國式建築工人茶，色深味濃，加牛乳和糖。我的茶粗廉而親人，是個人歷史遺跡，是個朋友。

英國本地產茶量微乎其微，茶葉多來自印度、斯里蘭卡或南非。將茶葉碾至細碎，沖出來色深濃微苦，故調入鮮乳與糖，即轉厚滑。許多英國人日常裡大量飲用此茶，甚於咖啡。然而不稱乳茶（milk tea），一概稱茶（tea）。

初抵英國時是四月，雖已初春，仍在降雪。亞熱帶島嶼來的女生，從倫敦郊區的希斯洛機場，長途移動，抵達南部海濱小鎮寄宿家庭時，已是深夜，人凍成一粒冰。屋主太太領我進房安頓，讓小女兒遞來一杯熱茶，攪入砂糖和牛奶，甜潤溫暖。馬克杯圈在掌心，尖著唇啜飲，甜茶淌入體內，人與茶就此結識。成了學生時代至今，最初與最長的習慣，一份長期關係。此後每感到寒冷，外在或心理的，就喝茶來抵。

我很快和屋主凱文學起泡茶。

凱文是火車維修技師，身形高大，性格溫和。屋中瑣事，如清理貓的嘔吐，置換全室地板，爲妻子的寵物陸龜興建木屋等，皆親自動手。我的生活周遭，見多了男人以工作爲由，缺席家庭生活的僞單親家庭，見凱文這類人，開始時頗爲吃驚。

我觀察多勞的凱文，一日要喝上四到五杯茶。凱文在清晨五點離家，火車通勤一個半鐘頭至倫敦上工。清晨先飲濃茶才出門，才捱住天亮前海濱城鎮的低溫。

凱文慣喝的茶包是 PG Tips，價廉，茶葉碾得極碎，泡出來的茶湯深濃，是英國藍領極具代表性的品牌。其電視廣告也往往強調此印象，常常是一位操持北方腔口的壯漢，和他的茶朋友，一隻毛線編織的猴子吉祥物，在簡樸的磚造排屋裡泡茶。

英國人類學家芙克絲（Kate Fox）寫同胞的著作《瞧這些英國佬》（*Watching the English*），其中的〈早餐規則與茶信仰〉一章，寫如何從喝茶細緻地觀察社會階級。大意是，茶裡加糖愈多，愈近勞動階級。而中產或上流社會，則飲「疲弱、淡如洗碗水」的無糖伯爵茶。而從一人對建築工人茶避之唯恐不及的情況，可窺其階級焦慮程度。

凱文出門前和下工後都泡茶，已成儀式一種。專用的馬克杯，是他任職的西南火車公司周邊產品，白色杯身，印著紅色藍色的一列小火車圖案。我很喜歡交通工具，特別是火車，大概和他聊過那只杯子。我離境返台前，凱文從公司買回一個相同的杯子贈我，紀念我倆茶誼。

凱文的茶色極濃，乍看以爲是咖啡。英國的平價茶包大多沒有白棉線和提把，僅用不織布，封住幾克碎茶。茶完成了，小匙挑起茶包，扔進垃圾桶，絕不續泡。一些老派英國人，會將茶包以茶匙抵著，手指將殘茶擠回杯裡。茶專家說，此舉會使茶湯出澀。但擠茶包這種小節小癖，一輩子不理會專家，也沒事的。

茶泡好了，就倒冰牛乳，多冷的天，都倒冰牛乳。

喝茶時，兼吃幾片餅乾，最受歡迎的是巴掌大的圓形消化餅，單面裹上牛奶巧克力，以餅乾蘸著茶吃。這種茶就是建築工人茶，builder's tea，勁道熱量俱足。寒天冷冽、身體勞苦時候，很起撫慰作用。

二〇一二年的英國電影《金盞花大酒店》（*The Best Exotic Marigold Hotel*），講七位銀髮族，受誇大網路廣告吸引，到印度一間年久失修的酒店養老，攜帶各自的生命處境，異地從頭來過的故事。電影卡司是一眾英國資深演員，如瑪姬·史密斯（Maggie Smith）、茱蒂·丹契（Judi Dench）、比爾·奈伊（Bill Nighy）。七位前輩演員，時年加總近五百高齡，全劇是爐火純青的演技大飆車。

瑪姬·史密斯飾演的老太太，偏執頑固。經機場的行李安檢，手袋打開，裡頭全是典型的英國包裝食品，如醃洋蔥、醃蛋、三十六包巧克力消化餅，和大量

PG Tips 茶包。她無親無故，一人獨行，如小筏航向遠洋，有賴家鄉補給包圍周身。

而片中比爾‧奈伊飾演的退休教師，是位老好人，時常尷尬，手長腳長更顯無措。他和聰明能幹的寡婦茱蒂‧丹契，談起黃昏之戀。英式長輩的含蓄告白，亦以茶開場。

「妳幾點下班？」比爾問茱蒂。

「五點。」

「喔，午茶時間。妳喜歡怎麼泡茶？」

我怎麼爲妳泡茶？這是嘗試邀約。

「加一點牛奶。」茱蒂答。這是許可。

——

茶是問候，社交辭令，計量單位。諸此種種，故英人老問人喝茶。

「你要喝一杯茶否？我想喝一杯茶。」是另一個語境的「呷飯沒？呷飽了。」說一人不是自己偏愛的類型，就說「非我的一杯茶」（Not my cup of tea.），聚會時，一人說話冷場，另一人起身解圍：「有誰想喝更多茶呢？」

組織語言的，往往是生活常物。故咱以米飯造句，英人以茶造句。

除了PG Tips，中產階級最愛的茶品牌，則是Twinings，唐寧茶。其中有一位明顯例外的人物，即英女皇伊麗莎白二世。皇室管家受訪時表示，女皇在早餐時，慣飲唐寧的伯爵茶，旅行時也帶著茶葉上路。

旅英期間，我也愛喝唐寧出品的阿薩姆或早餐茶。回台又買，發現版本有異。或者說，任何品牌茶包，應英人的濃茶習癖，在當地生產銷售，茶葉就放多一點。比如唐寧茶在國內販售的茶包，重量超過三公克，海外版僅約兩公克。

至於觀光客到倫敦，愛去的皇家雜貨鋪「佛南與梅森」，Fortnum & Mason（F&M），則屬奢侈品，而非常備選項。

朋友進城，買了成套的 F&M 茶包禮盒，分贈小包給我。正泡茶時，寄宿家庭瞥見包裝，說：“Oh! Posh tea.”。posh 除了用來形容高檔貨，亦形容上流社會口音。民間用此字，音調揚高，語態疏遠，以顯自外。

泡茶幾個月以後，技術可以了，我以一套保證泡出厚茶的工序，建立口碑。凱文後來請我泡茶時，順便替他泡一杯。到長輩家裡聚會，幾位老先生也喜歡我泡的茶。

泡茶前，先溫壺溫杯，以熱水將容器升溫至燙手。另取新鮮冷水煮沸。水沸時呼嚕嚕的出聲，讓它留爐上多沸一會兒，此時傾掉溫壺杯的水，投茶葉或茶包入容器。

一個人喝茶，用一勺專用量茶匙的茶葉。數人飲用一大壺茶，則多一勺茶葉，專門餵給茶壺。故一壺供三人的茶，共四勺茶葉。

滾水沖茶，隨即加蓋，靜置焗蒸，天氣寒冷時，可爲茶壺圍上厚布巾，絕緣保溫。若以馬克杯沖泡茶包，則取一淺碟倒扣杯緣，充當蓋子焗茶。不攪拌不擾動，讓茶葉在水裡自己起落，舞動，然後靜下來，緩慢釋出香色。

茶會自己完成自己。因而人最要緊的，就是不要對它多事。

泡茶唯有等。要得深黑色的茶湯，就焗足五分鐘，使其稍微濃澀。買了個茶色的玻璃小沙漏來計時。焗茶時，顚倒沙漏，讓五分鐘安靜的流瀉。沙漏作爲時計，好過電子計時器和手機鬧鐘。時間經過，或錯過，本來就是不作響的。

候茶時，可以弄點別的事。烤土司，煎一隻蛋，或備糕餅。茶好了，倒進杯子，挑出茶包。便可放鮮乳。

坊間有茶先或乳先（tea / milk in first）的爭論。是指杯裡先倒茶，再倒牛乳，或相反。乳先有個掌故，據聞是平民的粗陶茶杯易碎，杯底先擱一點牛乳爲緩衝，熱茶沖下，杯子不易裂。如今茶杯大多很堅固，乳先已非必要，視個人習慣即可。

茶先或乳先，我以爲這和司康餅上先塗果醬，或先塗濃縮奶油一樣，差異甚微，而是信仰問題。信仰是意志的高牆，衝撞無解。愛鬥的人隨他們去吧，爲了自己喝的一杯茶，糾結這幹嘛？

倒是英國人慣用冰鮮乳調茶一事，我是信的。法式料理熬醬汁，熱醬裡扔一塊凍奶油，瞬起乳化作用，醬汁易於收稠。冰牛乳混熱茶，也是同效。因此沒事不去加熱鮮乳，平添腥氣和浮渣，直接以冰鮮乳入茶，也很省心。

英國的乳製品質佳。從前泡茶，愛用一支海峽群島的牛乳，產自澤西牛或根西牛，不經巴式殺菌和均質處理，乳脂疙瘩浮在瓶頂，奶油般的淺金色。使用前手動搖晃。口感稠厚甜潤，幾乎是鮮味。台灣將澤西牛譯作娟珊牛，數量較寡，又多採高溫殺菌法且均值處理，風味已改。理想的牛乳實在強求不來，茶又每天喝，不宜太花錢，平時找幾支低溫殺菌的牛乳泡茶。

喝茶十年，習慣深如杯身茶漬。旅行前收拾行李，丟三落四，但總不忘捏一撮茶隨身，如攜常備藥。到任何陌地，逢荒謬情境，煮水泡茶，當場就得安置。

初抵倫敦時，學生宿舍附近治安壞，夜聞槍響，火車站裡動輒有警察站成圍籬一排追緝毒犯。我的房間一半陷在地下，天窗則與柏油路面平行，窗外風景，是路面人群走動的鞋。

附近小流氓，窺見窗內我落單一人，冷不防脫了褲子蹲下，裸身壓在窗玻璃上嚇唬我，惡意比身體赤裸。

唰一聲拉上窗簾。我面上沒動，走回廚房燒水，煮杯茶消氣。才發現手握水壺時，指尖輕微顫抖。電水壺裡的水燒滾了，噗嚕嚕出聲響，蒸氣靜穩。我如常燙了杯，捏一把茶葉，沖茶，加蓋去燜。然後等待。等脈搏緩下來，恐懼平定。等著茶葉在水裡，起飛旋轉降落。等它深濃，自己完成自己。

台北老鋪茶食

長輩之中，有好多位是不吃乳製品的。而我這代八〇年代人，降生時逢經濟高度發展的台灣社會，一個鼓勵乳品的時代。

全球化的風吹到我們的島上，我出生後隔年，台灣第一家麥當勞，在民生東路開幕。幾年後又有了必勝客，家人初次吃 pizza，愼重以待。最早必勝客沒有外送服務，因此去吃 pizza，就是正式上館子。

餐館設有紅色卡式座位。當時吃 pizza，還搭配自助式的沙拉吧，氣派新鮮。記得外婆初嘗這種 pizza，她的台菜胃徹底水土不服。對於餅皮上番茄濃醬和融化起士的組合，外婆說出心底話：「這一個臭酸氣，甘是壞去？」對我外婆來說，奶味是臭的。

再後來，九〇年代的咖啡館裡，大爲暢銷的蛋糕，是「紐約起士蛋糕」，原料是奶油起士（cream cheese），含脂高，口感柔滑，後味是微酵的酸氣。

小時候過生日，時興訂鮮奶油水果蛋糕。戚風蛋糕，抹鮮奶油，夾上罐頭水蜜桃丁，頂面點綴紅綠雙色糖漬櫻桃。觀察不少人吃鮮奶油蛋糕的時候，拿塑膠小叉將奶油刮掉不吃。有人怕胖，有人則是怕奶膩。當時主流的鮮奶油原料多是氫化植物油，不算善類，每每吃它，舌尖就留下一層膠，人不愛吃，確實是敏感又警醒。

近年到外間喝茶，潮流更替成了法國磅蛋糕（pound cake）和來自英國的司康餅（scone）。皆是奶油製品，油脂雖看不見，實則都下得很多，口感厚重。

英國生活時期，我吃過不少司康。當時在上頭堆上德文郡奶油和手工果醬，在雪天裡配濃茶，非常安慰，但回台後竟失去了胃口，吃一個就上火。家鄉氣候濕熱，又早已脫離青少年時期，身體消受不了，就少吃了。

可是若要喝茶，點心仍必須有。希望避開乳製品，回頭去找一些傳統茶食就得了。

我的祖父母輩，多在一九三〇年代前後出生，至今如果還在，都是八、九十歲的人。乳製品在台灣普及，是二戰以後的事。因此長輩們兒時的零食原料，是本土農產品。油脂來源，植物性的如花生、芝麻，動物油脂通常是豬油。若喜濃郁，是豆沙棗泥的濃郁。若求彈性，即糯米的彈性。回溯起來，都是無奶的食物。

其中一項普遍的零嘴，是土豆糖和芝麻糖。家族人丁興旺，外婆買糖，是大袋大袋買，土豆仁、白麻仔、黑麻仔各一袋，大片堅果糖上，預先劃好了刀痕，手伸長進塑膠袋，掰下一小塊來吃。堅果糖極爲脆硬，一口咬下，常不確定是牙先崩還是糖先崩了，但滿口清香。

兒時且常去台北西區，沿著堤防邊開車，越過中興橋就到。去紅樓旁吃沙茶火鍋、「金獅樓」飲茶或「驥園」川菜。飯後就去成都路上的「上海老天祿」。

上海老天祿的滷味和茶食一樣馳名。我們的住處寧靜，到西門町很能感到城鄉差距，氣氛特別歡樂。媽媽自己買一點老天祿鴨舌頭鴨翅回家下酒。滷味帶辣，是大人專利，另外放任小孩選幾樣零食，如筍豆、巧果、麻球和油炸饊子。筍豆是炒黃豆，很富咬勁。巧果、麻球和油炸饊子都是油炸麵食，都脆硬香口。最記得老天祿的桂花條糕，糯米皮繞著豆沙餡，捲成長條，如名字一樣滑膩清香。

除老天祿，寧波西街上的「劉仲記」，也賣江南點心。店鋪不堂皇，陳列方式像普通雜貨店，貨架上混賣許多大品牌的包裝零食，其中要找到印著劉仲記商標的，才是店家自製品。讀王宣一的《國宴與家宴》，其中講到上海女士們嗑的小小玫瑰瓜子，此處便有售。

劉仲記招牌的芝麻、玫瑰酥糖，和椒鹽桃片，光是包裝就足以迷人。以玻璃紙和白報紙，將三塊酥糖紮成一個小方包裹，白報紙表面，紅色油墨印刷手寫黑體，很拙趣。我將糖吃了，包裝紙剪下留念。

玫瑰酥糖是麥芽糖層層捲起鬆散的白芝麻粉和熟粉，熟粉指蒸熟的米粉末，說它酥，並非真的脆硬，而是糖在齒間碰化了，那種韌裡夾脆。玫瑰水香氣幽幽，混和芝麻細粉一塊融化。單吃很好，但泡一壺清香系的茶，如龍井如東方美人，或是台灣杭菊，搭配著吃，口感則精妙。

劉仲記的花生糖和芝麻糖，種類相當多，儼然堅果糖專家來著的。其中有一種中西混合版本，風味迷人，叫白脫花生糖。

白脫糖的白脫，是一種老派命名，其實是butterscotch，乳脂脆糖。此糖極脆，焦糖味中有明顯的鹹味，用現代話翻譯，即鹽焦糖奶油。此物危險，熱量高得彷彿能自燃，雖然知道，還是一面左手打右手，一面捏下一塊糖吃。

若更豁出去，買來劉仲記的白脫糖，稍微加工，將品質上佳的苦巧克力隔水融化，澆在糖上，待乾。派對上呈出來，無論在美味程度或熱量上，皆不遜於法國工藝級的糕餅。

四處張羅來台北城裡的老派茶食，有時拿來送禮。

到迪化街百年老店「高建桶店」，或「林豐益商行」，買幾個帶蓋竹籃。放一盒大稻埕「有記茶行」的奇種烏龍，或「林華泰茶行」的日月潭紅玉，再塡滿小糕餅，拼配「劉仲記」的玫瑰酥糖、椒鹽桃片，和延平北路「龍月堂」的台式綠豆糕、鹹梅糕，兩家皆以白紙印大紅字包裝，皆古樸可愛。若圖吉祥意頭，再加上一隻「李亭香」的金錢龜，花生軟糖塑成小烏龜，背上還寫壽字，長得特逗。幾家老字號，相加起來數百年歷史，一盒子故事可說。

如今熟悉馬卡龍和國王派的人，比熟悉鹹梅糕的人多，我覺得可惜。請朋友體驗這批古典的美味茶食，將之當成全新口味來享受，是一個老派台北女子的心意。

摩登土產鳳梨酥

身為台灣人，吃過的鳳梨酥是數不清的，但「意識」到鳳梨酥的時刻，反而不在母土，而是他方。

出發到英國前，備鳳梨酥和烏龍茶作為禮物，或說，作為一段開場白。亞熱帶島國人民，遞上一塊以熱帶物產鳳梨作爲餡料的甜糕餅，有助於短時間內，與異鄉人交換風土。

台灣傳統糕餅種類多，偏偏鳳梨酥拿來外交甚廣，猜測原因，其一是許多洋人吃不慣咱傳統糕餅裡的紅豆沙綠豆沙，許多文化裡，豆類應是鹹食。而鳳梨果肉入餡的鳳梨酥，味道容易想像，兼附熱帶情調。再說餅殼是奶油酥皮，是西式配方，不算陌生滋味，容易接受。此外鳳梨酥保存效期久，也是明顯長處。

送人多了，自己也吃，從外部向內觀察時，發現鳳梨酥雖然常被畫在傳統糕餅的分類，但追溯起來卻是本島物產與西洋靈感的混血發明，是摩登的土產。

說它摩登，一是由於模樣，二是食材。

說外型。本島傳統糕餅世界，外觀華麗者多有，如綠豆糕或婚禮大餅，自印花木模型裡扣出來，面浮立體紋飾，壽紋囍字花鳥蟲魚；油酥餅皮者如綠豆椪，則紅印落字或硃砂一點。紋飾有祝福意味，紅印有說明的任務。

而鳳梨酥，雖偶爾出現其他形狀，但長方形仍居多，是兩口能吃完，金黃絨面的一個小枕頭。十年前旅居倫敦，室友母親從台灣寄來一大盒板橋「小潘蛋糕坊」的鳳梨酥。當年包裝可謂直截了當，今日的單片包裝、緩衝塑膠隔層全沒有，餅貼著餅密密麻麻填滿一盒，飛越九千多公里到倫敦二區的小公寓內，開盒竟無一片破損，可見直線修淨，宜重疊利收納，簡直一塊形隨機能的現代主義餅。

無人察覺鳳梨酥，它長得太簡單。我們是多麼樂於裝飾的一個社會，不知怎麼竟放過了這種餅，任它極簡到毫無線索。肚裡換了其他餡料如草莓餡水果餡，或是餡子裡藏鹹蛋黃，面上永遠相同，不多解釋。因此我吃不了外形花里胡哨的鳳梨酥，心形的顯得多濫情，鳳梨形太直白，台灣島形狀的又國族主義，都沒好過方形。

再談食材。我在英國好友之一，是八十歲的艾倫叔叔，艾倫初次嘗到鳳梨酥時，皺眉思索，嘗試篩選出經驗裡的詞彙，結論是這件餅，像蘇格蘭奶油酥餅夾入鳳梨果醬。我以爲這雖不精確，倒頗傳神。

鳳梨酥的祖先，是鳳梨餅，傳統的結婚大餅項目。以和生餅皮，裹鳳梨冬瓜餡，有圓形和方形式樣，都是多人分食的大尺寸。後來的鳳梨酥，改製成小方塊，餅皮初期採豬油，後來才改採奶油餅乾麵糰。主成分除了奶油、麵粉和雞蛋，更下奶粉或乳酪粉等，強調奶味。

混血鳳梨酥，餅皮有乳香，餡料稠黏，土生土長卻風格洋派，是折衷主義的新產品。自此離開其他古典糕餅隊伍，走上了自己的路線。

後來我們更見證了鳳梨酥的歷史時刻，即「土鳳梨酥」的發明，其內餡純由土鳳梨熬製而成。土鳳梨名字裡雖有土字，其實亦非原生種，而是二十世紀初才由日本人引進的夏威夷開英種（Cayenne），酸度鮮明，製成餅餡後仍富纖維，也討人喜歡。

土鳳梨酥本來自成一格也就是了，不料傳媒追捧過頭，反過來清算傳統鳳梨酥內餡裡的冬瓜餡，對此多訕笑，得出「鳳梨酥中無鳳梨」的結論。幾十年資歷的鳳梨酥，一時倒成了贗品。衆人不論是否曾經眞心去愛，都像被欺詐了感情。吃餅這種快樂事，也能弄成二元對立排除異己，說來是本島除政治撕裂外，諸多撕裂的一種。土鳳梨多纖，加入冬瓜餡，立意是平衡纖維扎口，增添柔潤口感，可謂體貼，被說成這樣也眞是的。

土鳳梨酥面世至今，晃眼都十餘年。猶記當年大浪，彷彿天下餅鋪全往土鳳梨酥去鑽研，我擔心過從小吃到大的冬瓜餡鳳梨酥再也回不來，幸好浪頭過了。今天的鳳梨酥，有土鳳梨和金鑽鳳梨，純鳳梨餡的有，不同比例加入冬瓜餡的也有。人們吃自己舒服的鳳梨酥，理直氣壯地拿它贈禮，在鳳梨酥的經驗上，台灣人更老練而多元，但願社會亦如是。

輯五

南洋旅次

暹羅航道

這是唯一一次海外遊歷，僅我與媽媽，沒有其他家人同行。

當時媽媽罹癌，確診即四期。兩週化療一次，每回住院三天兩夜。病人與家屬，是在滿天大霧中相偕前進。全程終點未知，前路忽明忽滅。

治療屆一年，只有我經常陪在醫院。跟我媽聊天時，給她出了餿主意，趁她體力可以，不如一起去趟短程旅行。我串行程，她換個地方透透氣。到這時候，病人和陪病的人都相當乏了，於是夾隙出逃，母女倆短暫背向現實，病裡裝傻。

目的地是泰國。航程短，加上我去得熟，能確保病人的旅途平順一些。此行重點在曼谷的唐人街，以及探望世交蔡氏一家人。

媽媽起初躊躇，並非考慮自身安全，竟是她這樣一個病人四處亂跑，恐怕被人說話。反覆想兩天，才心一橫地答應。我即刻訂票，讓她不易反悔。本來不懂一個病人，怎麼還要去配合他人期待，但媽媽要旅行的消息傳開，果真有家族長輩當面數落了我和媽媽一頓。病人要像個病人，應在家待著。媽媽一個年近六十的人，站著聽訓，面上維持著文靜而抱歉的微笑。人言真的相當可畏。而我媽的修養，不知道怎麼練的。

媽媽是家族長女，畢業卽在家族公司上班，到因病退休。一生不曾離開娘家領域。家在郊區，生活封閉且移動不多，我媽相比同輩女子，更溫良恭儉讓。行動上是個舊派人，好在思想並不陳腐。

她在年度記事本裡，詳細抄寫每位族人的生日與忌日，收派全家郵件；年假從沒休完，但逢年過節，必提前請假，回婆家幫奶奶剁雞；每年初一早上，自發打越洋電話，給泰國的世伯，和獨居的姨嬤拜年。

善良的人未必能幹，能幹的人未必願意。偏偏我媽旣善良能幹，並且願意。人們後來說起我媽，就是好女兒好大姐好太太好媽媽。褒揚她勝任的身分，如認證一輛高性價比的車。

如此甚好，需要以乖來換。縮小自我，扛起日子。像張大傘般獨支著，身邊無論是誰，自然都涼快得多。

命運偷襲了我媽。一生乖到底的人，也沒能倖免於難。一輩子爲別人活，老天今要收她的命。大病之後，我感覺媽媽從全乖剩下半乖。對於人情約束，雖不拂逆，但也不忍了。

——

我們從濕寒密雨的台北起飛，降落乾燥炎熱的泰國首都。彷彿前往的是廣義的曼谷，實際只有曼谷的舊城區，見老朋友。或者到底我們哪裡都沒去，而是在唐人街耀華力路（Yaowarat Road），世伯蔡叔公的家，媽媽自己的少女時代裡，重複起降。折返。且走且回頭。

耀華力路在曼谷西邊唐人街裡，朗朗的五線大道，單向，筆直，像飛行航道。耀華力日夜不睡，自成一城。金鋪巨型霓虹店招，潮州菜館漆紅圓柱，通街流動攤販與地面如毯的密集車燈，搭造出立體舞台布景，人聲擾攘，氣味糅雜，亮晃晃的永恆盛世。

我們乘車穿越曼谷惡名昭彰的交通，到耀華力來。由於塞車，得以細讀街景，緩慢入境時光凝止的往日華城。耀華力路不僅是條一里多的大道，它且爲一種區域象徵。在曼谷叫車，以泰語說 Bai Yaowaratka（去耀華力），師傅卽知往一個大範圍去，涵蓋耀華力路、三聘街、石龍軍路及其間脈生的街巷。耀華力渾身舊漬，卻毫無疲態。數十年來新樓不長，老屋不粉刷，由它去頹；燒毀的銀樓，留著焚黑的鋪面，門前的小販照做生意，早晚人潮叫賣不絕。一股頑強生氣，在破敗傾頹的邊上，笙歌不歇。

十八世紀至今，此區聚集數十萬中國潮汕移民。家戶懸有漆黑朱紅的木匾，嵌中泰雙語描金大字。字面讀來，懂是懂的，遣詞用字卻是清朝語境。多處仍稱泰國爲「暹羅」，曼谷爲「泰京」，街上有「旅暹同鄉會」、「京都大餉當」種種。華文報紙上仍稱泰王「皇上」，願他「聖壽無疆」。我們叫沙琪瑪的點心，當地叫「芙蓉糕」。

——媽媽與耀華力，顯然是故舊相逢，是少女的自己復歸來見。

街上的一切，如食物、茶器、成藥包裝，都讓我媽彷彿擦開火柴般一瞬放光。她精神抖擻，不似病人，倒像少女。

我認識我媽的時候，她早已是媽媽了。因此關於她的少女時代，須透過描述，和少數相片拼湊。模糊地知道，在她尚未被生活勞務及財務重擔磨蝕成一個疲憊的中年婦人之前，她就是個珠玉般亮晶晶的聰明少女。

媽媽的家族經營製造和貿易生意，外公五湖四海的朋友裡，許多是南洋華人，分別定居於泰國、印尼和馬來西亞。我媽長得白淨討喜，天分又高，能將一些老菜燒得好。因此少女時期備受南洋長輩們疼愛，今日家裡尚留物證。

有一件裙，腰身特細，是少女媽媽的體型，以印尼手繪蠟染布料裁製，料子挺，色彩濃麗，是在印尼和大馬經營橡膠園的世伯所贈。我媽產後身形大變，遂將裙子留給我。可惜女兒長大卻一點不瘦，仍穿不了，至今收在衣櫃裡。

另外一位，就是蔡叔公，定居曼谷的泰國華僑，祖籍潮州。

我媽結婚，叔公捎來黃金托盤。盤緣鏤花，面刻泰國佛曆年份。我媽將之層層包裹，收在廚房深處，宴客時才用來敬茶。得知我家興建新屋，蔡叔公又贈厚禮。請清邁工匠，訂製八件成套的柚木家具。五椅三几，以龍紋、花鳥紋和壽字紋，雙面透空雕刻。製程經年，才從泰北運至曼谷出港，費數月海運到台灣，心意隆重。

無形的贈禮，則是技藝。

蔡叔公教媽媽泡潮州式功夫茶，因此當她在耀華力路六巷裡一餐具店，見到暹羅錫製的茶盤時，立刻被吸引入內。

過去外公几上，老擺一套相同的茶盤。亮銀色，圓形雙層，上爲鏤空淺盤，下爲封閉容器。圓周有手工敲鑿的花紋。媽媽取一小瓷杯，側入另一杯裡，手指轉動，茶杯就繞起圈來，是功夫茶燙杯的姿勢。

這家店的掌櫃，是模樣斯文的中年潮州華人，原在讀報，見我媽手勢熟練，趨前招呼。對談以英語夾少數潮州話。媽媽賴我翻譯，但聞對話裡幾個潮語關鍵字如「功夫茶」，發音雷同閩南語，她便會意一笑。

——

耀華力的金鋪和藥房多。媽媽盯著藥房櫥窗，指認歷歷。

從前蔡叔公，或他的長子阿順來台灣，攜帶許多當地老字號藥品作爲贈禮。如「五塔行軍散」或是「猴桃標白藥油」。我家有個抽屜，裝滿這些南洋靈藥。

「五塔行軍散」是藥粉，綠紅相間箔紙包裝，專治腹瀉。

「猴桃標」則是一種白色藥膏，圓扁形錫盒，印著猴子捧著桃子的插畫，圖案很傻。幾十年沒有改過包裝。我們家管「猴桃標」叫「猴膏」，兒時遭蚊蟲咬傷，我媽就取猴膏，替我們在患處揉一揉。薄荷油涼香習習，很快鎮定消腫。由於迷信猴膏，我後來每去泰國，就買齊大小五種尺寸，最大的有醬碟大，最小的只要一塊錢硬幣大小。猴膏用不完，也要常備，不時能將兒時溫柔，敷在成年後的傷口上。

——

曼谷華人，祖籍潮州者最爲大宗。潮菜經典菜色之一，是滷鵝，因此曼谷頗有好滷鵝。旅行中我媽不忌口，因此我們來曼谷，必找鵝來吃。

從前飛航安檢寬鬆，蔡叔公訪台，會將曼谷吞武里名店「蔡欽興」的滷鵝手提上機，直達我家餐桌。另一位住香港的潮州世伯，則將家傳滷鵝的配方傳給我媽，她將之詳細抄在舊香港六國飯店（今六國酒店）的信紙上，那是一九三三年開幕的老飯店，當年位置濱海，紙頭印著戎克船入港的插圖。

我有一爿記憶，兒時陪外公至八〇年代的台北建成圓環「醉紅樓」潮州菜館餐聚。入夜的圓環周邊霓虹熠熠，車燈通亮如白晝。外公腿力不好，舅舅在街邊暫停，讓老小先落車，後方車輛的喇叭大鳴，可見擁擠。記憶光景，對照今日圓環，痕跡都不剩。

倒是醉紅樓今日尚存，遷至八德路的大廈二樓。老闆將餐廳開幕時的相片擺在櫃台供人翻閱，相片中，餐廳門面的水族箱氣勢大，女侍們穿大紅旗袍，在門口一字排開。除了與我的記憶完全疊合，且片段再現了鮮烈誇張的八〇年代。

曼谷耀華力路上的「老陳著名滷鵝」，夾在兩片屋牆中的斜巷裡，連店都算不上。一早起賣，過午架上全空。滷水的蘸汁，傳統是用蒜泥白醋汁，老陳還放辣椒和香菜根，是潮泰混血風格。老陳鵝滷得透，老滷的複方香料氣味深邃。

媽媽許多年沒嘗到手藝上乘的潮州滷鵝，一時彷彿非常富足，笑眼彎彎湊成細縫。

陪病初期，我將日常餐食弄得極爲清淡，知我認眞，媽媽一路假裝配合。如今回想起她在曼谷吃滷鵝時笑瞇瞇的臉，心裡便酸。爲了曾經勉強過媽媽，不能使她的最後時光更恣意一些，我後悔不盡。

——

離開耀華力前，再買一點糕餅茶料帶走。

「鄭老振盛中西餅家」是百年餅鋪，主售潮州式勝餅。店址在「泰京耀華力路天外天街西河樓下門牌四號」，又一次古典語境。街上烈日如焰，顯得店裡色澤深黝陳年。圓弧形玻璃櫥櫃上方，折成型的餅盒堆得比人高。各色糕餅在大銀盤上疊起。

老闆娘能說華語，短暫交談後，向她買幾件勝餅和五香鹹豆沙餅。

招牌勝餅有碗公大小，金黃酥皮，拓鄭老振盛大紅印。豆沙餡柔潤，彷彿能掐出油來。廣東人講「膋」，就是豬脂。如今人們一聞豬油就驚怪，因而台灣不少傳統餅鋪，改用奶油製餅回應市場，彷彿進步。可是怎麼用油，用什麼油，是文化的事，奶油替代豬油，是西化，未必等同於進步。總之油脂一換，漢餅有體無魂，不妨當成新產品來看待。

我家對豬脂深信不悔，理想的豬脂氣味純淨，穩定少煙，且烘餅更酥，我們不恨它，且頗爲懷念。鄭老振盛的膋餅，是味道的活化石。餡子裡有瓜子仁、冬瓜糖、鹹蛋黃，口感奢華。我們將餅買回旅館，切分成略大於方糖的細塊，搭配濃茶來吃，餅在舌尖上精巧的化掉，餘味非常乾淨。

—

抵達曼谷多日，才會合蔡叔公一家，顯得見外，但實在是不好意思。蔡家十分念舊，媽媽上一趟訪曼谷，蔡家全族三十多人來接機，處處請客，還爲在台灣的我們一家老小，每個人都準備禮物，嚇得我媽趕緊在唐人街訂幾桌酒席回禮。這回不敢驚動他們，到當地安排妥當，才去電聯繫。

叔公高齡八十多，派長子阿順來接。阿順曾長住台灣，像媽媽海外的弟弟。兩家數十年往返，三代人交情。用叔公的話說，是「家己人」。「自己人」這個詞，在潮州話和閩南語是互通的。

阿順見我媽，高興只一瞬，隨即發現媽媽消瘦得有些不祥，忍不住追問。媽媽慣於亮面示人，絕口不提病情，便聲東擊西將話題支開。

曼谷阿順與我媽的台灣家族，須說回七〇年代。

當時台灣與東南亞貿易頻繁，蔡叔公生了十五個孩子，長子阿順被重點栽培。中學階段，每年送來台灣住幾個月，在台北、台中幾個工廠實習，學修理機械、製鎖、發泡保麗龍和氣球。用現在的概念，類似打工換宿。

初來台灣，阿順只講泰語和潮州話，溝通不暢，有點難熬，每天以鉛筆在牆壁上畫一道，倒數返回曼谷的日子。幾個寄宿家庭裡，他獨獨偏愛我們家，因爲伙食好。家裡人多，時常宴客。日常飯菜，豐盛如普通家庭過年。

家族的同輩小孩有十多個，當時還有其他寄宿的華僑後代。日子一長，大夥兒玩開了，這個家族，就眞正成爲曼谷阿順的台北故鄉。

兩國往返超過十年，阿順手藝學成，返鄉開了氣球工廠。營運上軌道後，仍時常來台探望他的寄宿家庭，每回在我們家裡住上個把月。

我從小記得阿順，是由於氣味。

通常在夏天，嗅得屋內一股椰子香氣，就知道阿順來了。他總是做一道甜糯米飯。將香蘭葉紮結成束，入椰乳熬，其中加糖與少量的鹽。產自泰北的長糯米蒸熟，拌入椰汁。過程芳馥，米飯甜而黏稠。

長大後我自然就知道，椰飯與鮮切芒果及綠豆仁酥一起上碟，就是經典的泰國甜點芒果糯米。但是當時無配料，空吃椰子甜飯，也覺得非常美味。

——

蔡家在昭披耶河西邊，媽媽相隔多年，才再見到蔡叔公，以及阿順家裡眾多手足，雙方都很高興。我初訪蔡家，發現兩家人有許多相似處，比如家族成員的住家，都圍著工廠，住成一個村落，公私不分，而親緣緊密。

叔公八十多了。老些，縮小些，但仍朗健。媽媽一見他，很親熱地挽著他手臂，兩人坐在長榻上聊許久的天，很快樂的回憶我外公外婆，聊叔公的妻子小孩，聊潮州菜。側看我媽這樣的女子，周到厚禮，還真心不虛，我懷疑以後還有？

長輩緣是多麼抽象的特質，但我見過最具體的一個，就是我媽。

距離上回見叔公，將近十年，那是外公的奠禮。

叔公與阿順，在奠禮前一日趕來，會場正在布置。外公從前每年夏天，就釀上一年份荔枝酒，每餐定量飲用。自釀酒也拿來招待客人。我們將庫存的餘酒，裝成小缸，贈予來送別外公的故舊。另外從埔里運來大酒缸，充作會場花器。

叔公一身黑西服，站在禮廳外，隔幾十公尺，凝視被鮮花圍簇的外公遺像。

外公的遺像是我挑的。沒用近照，選了他五十多歲時，在一場婚禮上的半身特寫，大家皆同意那最像他。盛年的外公著深棕色西裝，繫泰絲領帶，神氣。當時正是他社交最密時期，外公和叔公在那些年，時常越海相會，吃曼谷滷水，佐台灣酒。一起抽很多菸，有過無數飲宴。

叔公遠遠盯著遺像，目光遙長如隔大海。他不言不語，一腔心事。時光是大海。

——

我的媽媽過世，在我們的曼谷行一年後。電話報喪到泰國，阿順偕么弟阿泰來送。又是一場奠禮。又是兩男子黑西服，神情遙遠站在廳外。

蔡家此輩有十五個孩子，長子阿順和么子阿泰相差二十多歲，因此阿順與我媽媽同輩，么子阿泰只大我兩歲，如我的同輩。阿泰全然是新派泰國華人，已不會說潮州話，對我以英語說：「我上回見妳，十歲，大概這樣大。」手停在胸前。

喪禮結束，在餐廳設了散宴。蔡家兄弟被頻頻勸酒，後來幾乎喝醉，兩人模模糊糊中，將在意的話講了又講。兩家人到了三代，長情難得，不要疏於聯繫，未來也不要走散。

後來阿泰偕妻子，來了數趟台北。我和弟弟帶他們上「蜂大」喝咖啡吃桃酥，西門「金峰」吃滷肉飯，飯後再去西門町的「楊記」玉米冰。外公與蔡叔公往年是大宴小酌的兄弟交情，兩家年輕的一輩，則到處小吃，視訊拜年維繫感情。

又兩年。我獨自重訪蔡家。

阿順開車來接，蔡家大姐學過華語，隨車翻譯。叔公坐在副駕位置，面色紅潤，行動自主，然而喚他不應，幾不說話。眼色清明卻無視當前，彷彿去了遠方。

年近九十的叔公的記憶如水上沙洲，隨潮汐偶爾浮出，更多時候陷落無痕。大姐說，近兩年叔公寡語，有些子孫的名字都記不得，難得出聲，竟問起我去世多年的外公：「柯伯佇台灣有好無？」

—

二〇二一年初，新冠肺炎影響全球已一年，台灣和泰國皆有管制邊境。臉書上得知蔡叔公過世，高齡九十一。照片中么子阿泰雙手合十跪在床邊，叔公更衣完畢，照片僅露出他筆挺的西裝袖口。我們心疼，然而參加不了喪禮，只能打電話，傳長訊息致哀。

叔公過世，代表他們一代人，全部過去了。

先人先行出境，後人仍在途中。這兩家兩地三代人，未來還會反覆起降，折返，且走且回頭。續寫蔡家的台北故事，和我們的暹羅航道。

香氣的總和

過去十年，泰國去了豈止十趟，多是訪親友。其中北方古城清邁，去七趟還是九趟已算不清，每回待上一、兩個月。造訪太頻，日子又長，心裡便認泰國是第二個家鄉了。

視某處爲家鄉，是很私人的事。家鄉或可是一個文化體，一張餐桌，一串人名。是以經驗或記憶來圈畫疆界，毋需護照，或任何人批允。

肉身有記憶，能辨識特定空氣濕度，和風中流動的氣味。愈抽象飄渺，愈淸晰牢記，隱私類似，不易言說。故念及倫敦，就記起地毯上灰塵的甜味。在歐洲公差一段時間後返國，走出航廈，聞濡濕的莽莽泥土草青氣，便知一點不錯是台北。

氣味之玄，在於不得見。荷蘭書籍裝幀設計師伊瑪．布（Irma Boom），曾爲香奈兒五號香水設計過一本無油墨之書，內頁圖文以凸版加工，壓紋浮於薄軟紙面，可摩挲，有光有影時，亦可閱讀，但遠看就是白紙一張。裝幀師說起設計時的念想，雲淡而當然：「因爲氣味的確存在過，只是肉眼不得見。」

存在過，而不得見。氣味召喚記憶，瞬間接引至經驗中的某時刻某現場，如沉眠中驚醒，猝不及防。

而我記起泰國時，總是一片香。

佛祖擱在膝上的手指，女童的髮髻，車陣中狂飆的鐵皮 Tuktuk 車後照鏡上，都懸著成串茉莉香花結，氣味隨風曳動。泰國當地有質地上佳的茉莉香米，炊熟盛於竹簍，嚼著嚼著會由遠至近，漸遞地甜香起來，香過茉莉。更有香茅，南薑、檸檬和瘋柑葉，它們是冬陰湯（Tom Yam）的基本組合，它們且無處不在。

泰式料理中，香氣是光影。很多時候你不真的吃著它，而是被它的投影所包圍。

香料們時而隱約幽微，時而飛揚明亮。在冬陰湯裡，在咖哩醬中，在魚餅裡，在日子裡。奇異的是，一旦聞得這些香氣的組合，於我就起安神作用。泰國人對於香氣安神這樣的事，特有心得。泰國有各種形式的香料嗅瓶（Herbs Inhaler），將浸過油的混合乾香料放在瓶子裡，廉價的用塑膠瓶裝，精緻一些用玻璃瓶。隨身備著，用以醒神通鼻，其他文化少見對味道倚賴至此。我的泰國時光，伴隨各種香料氣味，積沉在身體裡，緩慢寧定，是神祕而近宗教式的經驗。

夏季在台北盆地和泰國同樣炎熱，但我城多濕，使得熱不只是熱，是又熱又煩。在此天候，想過一份乾鬆的泰國日子時，就取香草做菜，讓氣味在屋子裡飛。

其一・香茅細用

新鮮香茅在一般市場上不多見，需要使用時，便往中和華新街的菜場裡，找一位老婦人自家種的，沒遇到人，才去泰緬華僑的店鋪裡買冰箱裡的。香茅在泰國倒是四處生長，貌似雜草。主婦們做菜，就到後院摘一把，不費錢。

見過旅居歐洲的泰國人往返兩地，揭開行李，半箱都是泰國自家種的香茅，珍重地以塑膠袋重重封妥，凍在歐洲家中的冰箱裡，慢慢使用，撐到下一趟返鄉。可見香茅重要，必須常有，心裡才踏實。

香茅的英語是檸檬草（Lemongrass），質地硬韌，氣味似檸檬。香茅氣息比起檸檬的鮮爽，要木一些，拙鈍而溫和，入菜時常常又拍又搗，或切成細環，幾乎有點強迫它，才慢慢出香。

因此將香茅搗成醬料，很是常見，紅咖哩、綠咖哩、瑪莎曼咖哩的醬，還有泰北烤雞的醃料，都用上它。其質太韌，搗起來稍微費時。當然也能用食物調理機轟地瞬間弄碎，雖然速捷，但缺乏過程，且會瞬生狂暴的聲響。

香茅入研缽前，先以刀切細再開始，否則搗太久，手還沒廢，心就先累。選擇慢慢搗碎而不用機器，倒不是特別有閒，而是因爲這樣比較香。香氣是化合物，時溶於油，時溶於水，將香茅研搗成醬的過程，浴浸在香氣洋溢的廚房裡，是感官享受，隨手腕起落的固定節奏，慢慢集中專注，心裡嘈雜的念頭，一時也淡靜下來。

都會女子雜事多，未得時間去搗咖哩醬時，便拿香茅熬湯。容易成，又能領受氣息。香茅切成段，重擊兩下使其稍微裂口，和南薑數片、香菜根、瘋柑葉一塊入鍋，綜合的氣味便溶於水中，隨蒸氣團成香霧。

這湯裡，擱海鮮或肉類固然不錯，但有時僅投入數種菇蕈，幾截香芹，番茄幾片，做蔬食湯品，那是非常淡爽。其實這卽是清湯版本的冬陰湯，原料基本相同，只是不擱椰乳。泰人說法是，椰乳易腐，入湯後若無當餐喝完，熱天裡，動不動就壞了。

其二・撕瘋柑葉

有些香是朦朧的，團塊似的，霧的。但瘋柑葉不是。它近乎檸檬的香氣，清晰而尖細，是料理中的高音，顏色裡最銳的青綠。台灣以前稱之「痲瘋柑葉」，原因是果實表面凹凸，似痲瘋病患的皮膚。這命名無疑是歧視。若從俗的跟著喊，而不覺有異，很是可怕。所以我自己叫它瘋柑葉，亦名卡菲爾檸檬葉（Kaffir Lime Leaves）。這種檸檬果實，皮厚且皺，榨不出太多汁液，然表皮和樹葉有烈香，東南亞各國菜系中多用。

瘋柑葉也是泰人做菜時，窗外隨便捻摘兩片卽得的日常香料，但因爲新鮮葉子在台灣不容易買，所以每去泰國，友人相贈一整疊，就帶回來嚴實封上好幾層袋子，存放在冷凍庫裡，使用時還是好過乾燥的。

瘋柑葉一整片入湯或咖哩是常有的，泰國人用它時，會稍微對折葉片，捏著葉柄撕開。撕開瘋柑葉是個迷人的動作，開啟盒子似的，濃香竄出，沾在手上，指尖都染有涼爽的氣味。

因爲特別著迷瘋柑葉的氣味，我有時做 Kua Kling 這道菜。

Kua Kling 是一道泰國南部的乾炒咖哩肉末，是特別香辣下飯的菜色，且瘋柑葉大量的用。當地以絞肉來做，牛肉豬肉雞肉皆可。我在家裡若得三層肉或豬頸肉也用，切薄一點，炒起來添脂香。乾鍋將肉煸炒至出油，入咖哩醬，炒到香氣起舞，入魚露椰糖調味，再入切得極碎的香茅嫩莖，和切成細絲的瘋柑葉，將肉炒熟，香料出味卽成。起鍋前，綴以大把辣椒絲，和一把瘋柑葉細絲。銘黃色咖哩、翠色瘋柑葉、豔紅辣椒，香烈奔放燙舌。

其三・芫荽根

冰箱裡總是有芫荽，因爲天天用。芫荽易爛，菜場買回來，拿果醬罐盛水，將芫荽養著，用塑膠袋子套住葉片存冰箱裡，可養上兩、三週。

將芫荽整株捧起來嗅，會發現氣味最濃在根部。台灣人切芫荽，根部棄之，連莖帶葉切碎，放麵線糊上，或臭豆腐上，貢丸湯裡。熱愛者有，深恨者亦不少。我兒時就是恨它的，芫荽混在麵線糊裡要是撇不掉，整碗就不吃。長大後長見識，覺得什麼都好吃，最不愛的最後都愛上了，可見愛很難說，不要鐵齒。

可芫荽根是泰國人的神奇寶貝，埋伏在衆多菜色中，有時被搗碎得不成形狀，或和其他香料混合，是料理人公開的密碼。它彷彿叢林的、帶濕氣及泥土氣息的異香，自己聲量飽滿，與他人合音亦諧。

用芫荽根之前，要將根部的泥土洗淨，光用水沖洗不夠乾淨，需稍微用指甲刮除泥塵，露出牙白色的根部，此時幽香縷縷，是洗菜時獨享的禮物。芫荽根的用法多，向泰國友人學來的做法之中，我最常拿來做海鮮蘸醬，後來連台菜也放一點。

比如熬排骨蘿蔔湯時，清水先入一株芫荽根，幾粒煸過的白胡椒（靈感借自潮式白派肉骨茶），才入飛水過的排骨。肉還沒熬透，先將芫荽根撈起，免其糊爛，一層芳馥的香紗，就會隱隱融融地沒入肉湯。那氣味如記憶，彷彿有，彷彿沒有，始終說不清楚，但確實存在。

缽與杵

在新加坡的泰國菜館 Nana 裡吃飯，與泰籍友人樹小姐聊起缽杵。

眼前二菜一湯，有涼拌青木瓜、豬肉末沙拉 Laab、東北式酸辣排骨清湯。

樹小姐問：桌上食物，哪幾樣用了磨杵？

青木瓜沙拉必須用，Laab裡重要的香氣，是乾鍋炒熟再研碎的糯米與乾辣椒，也用上磨杵。我答。

「所以排骨湯沒用上嗎？」經她一問，我有點動搖。

她舀起湯裡的辣椒，讓我看仔細。辣椒邊緣破成葉狀鋸齒，不是刀切出來的，也是磨杵舂碎的。

——

樹小姐來自泰國北部清邁，一家人廚藝高超，她的二阿姨Sao，隨英籍丈夫艾倫叔叔移居英國濱海小鎮三十年，旅英時期，蒙他們夫婦倆諸多照顧。

初次到 Sao 阿姨家吃飯，桌上是我從未嘗過的泰北菜色。台灣坊間的泰菜，跟泰國本土的差距本來就遠，更何況台灣主流的泰菜，較接近中部曼谷一帶的菜色，糖用得多，椰乳也多，與泰北和東北部的菜色不同，眼前是一桌的全新事物。我學阿姨，手捏起一糰糯米，配瀑布牛肉 Neua Naam Tok 吃。

阿姨用沙朗牛排做這道菜，煎至五分熟的牛排切成薄片，與紅蔥頭薄片、蔥粒、薄荷葉拌勻，調味以魚露、檸檬汁、乾辣椒粉，關鍵食材，是糯米香粉。將糯米炒成褐色再研碎得來。這世上有這樣的菜系，既濃郁又鮮香，繁複而輕盈，我一吃成迷。

明明是初來訪的客人，卻毫不羞赧的酣暢大吃且反應誇張，逗樂了一向很有個性的 Sao 阿姨，點名我可以每週到她家吃飯。而我日後還眞的時常上門。

Sao 阿姨的廚房不大，大約只兩平方米，是姨丈艾倫爲她親手搭建，木牆釘層板，乾辣椒粉等乾香料排成一列，面向後花園的走道上，透明屋頂搭成溫室。溫室裡種幾盆鳥眼辣椒和各色香草，可以隨時取用，另外擺一座上掀式冰箱，用以冰存她每年返回泰國時，帶回來的巨量香茅。她以廚房重建家鄉。

她每餐輕鬆搞定丈夫的香腸薯泥、培根三明治，但這些英國食物，她自己吃得不多。移居英國三十年，Sao 阿姨仍然一大早就吃辣肉湯米線 Khanom Jin Naam Ngiew，而不是吐司抹橘子果醬，其他時間不懈的灌製泰北香腸，醃香茅烤雞，每天都要吃糯米。Sao 阿姨的廚房是封閉而時光凝止的泰國宇宙，是魚露、檸檬和萊姆葉的氣味，存在感強烈，經年不散。

在 Sao 阿姨的廚房裡，沒有白吃的好菜，必須跟隨她勞動。第二次上她家玩，阿姨就將一個巨缽擺我面前，讓我將所有的烤花生米搗碎，要熬成沙嗲的蘸醬。她的缽不同於多數泰國家庭用的陶缽或木缽，而是金屬製的，超過四十公分高，厚實沉重，遭遇地震恐也不移半寸，若砸下來則完全是一兇器。

這兒的問題是，花生醬爲什麼要用搗的？阿姨有食物調理機，她用調理機打魚漿做魚餅，但花生醬卻要用磨杵，這道理我搗完才明白。新手直到上臂痠痲，成品才讓阿姨滿意，成品是極細的顆粒而非糊狀，香氣更佳，顆粒粗細不均，口感也豐。接下來每回造訪，我又搗了糯米、青木瓜沙拉裡的蒜仁蝦米和椰糖、醃雞的香茅糊。常常是我一面搗，阿姨在一旁投入其他材料，我成爲一個半自動人肉手臂，或一台更聰明靈活的食物調理機之後，慢慢習慣使用缽杵。

泰國菜裡，磨杵無處不在。名廚安迪．瑞克（Andy Ricker）開的泰菜餐廳，命名為Pok Pok，即是以缽杵舂搗食物時，發出的聲響。缽的材料主要有幾種，高深的大陶缽或木缽，可以搗拌青木瓜沙拉，或是咖哩醬糊；小的石缽則用來研碎乾香料或香草，亦製少量蘸醬。

甚至有一個再泰國不過的擇偶方式，就是聽一個人操使磨杵。視節奏急或緩，柔或烈，推測對方的性格。

——

不只泰國，許多文化裡都用缽杵這種古老工具。

約旦瓦地倫沙漠中的貝都因人，用大鐵勺在火上烘咖啡豆，接著用金屬磨杵，添上小荳蔻一塊磨碎。磨杵發出的聲響，恰好告知四鄰此有咖啡，歡迎鄰人也進帳棚來享用。喝咖啡時的禮節爲舉杯三次，一敬自己的尊嚴，二敬人生，三敬貴客。

而在台灣，到中藥鋪買一點醃醉雞的藥料，都會將紅棗擱小缽裡敲兩下，使其破出小口，在酒汁裡釋放味道。然見識泰國人泛用缽杵做菜，就知道那不僅是廚房裡的重要工具，而是根本不能或缺的工具。

泰國菜中紅咖哩綠咖哩黃咖哩，都是濕醬料，此外像青辣椒泥 Naam Phrik Num 這類的蘸醬有千百種，醬料經由磨杵研製，永遠更香。經過撞擊摩擦生熱，將精油萃出來。香辛料如蒜米辣椒、帶根芫荽，或瘋柑葉的烈香，層層融合、疊加在缽的圓弧底部，成爲泰菜深邃滋味的基礎。

用磨杵是手眼一起的勞動，控制手勁，即能將食物研成不同粗細的纖維，速度慢，眼睛可以觀察。許多過程，食物調理機就能飛速完成，然香氣大遜，製量不多時，還沾黏在容器和刀片上，平白浪費。

返台以後，像涼拌青木瓜這樣的菜因爲備料不易就不做了，想念起來，就到令人信賴的泰國餐館裡吃。餐館的泰國阿姨有一張嚴肅堅定的臉，亦很堅定的不跟台灣人甜軟的味蕾妥協，擱辣椒從不手軟，剁剁剁剁的專心搗製青木瓜絲，垂眉斂目神態極似 Sao 阿姨。

但家裡仍備一組小陶缽，以便時常製造心愛的酸辣海鮮蘸醬 Naam Jim Seafood。陶缽購自東倫敦資深選物店 Labour and Wait，製於陶瓷之都史丹佛郡，霧米白色粗陶，木製手柄，形狀敦厚圓潤，沉重好使。

和樹小姐通電話時，若正好在裡廚房，聽見磨杵的剁剁聲，她會說妳那裡聽起來就像泰國。而側聽樹小姐撥電話給英國的Sao阿姨時，她一面做菜一面交談，背景音效即是那個萬年巨缽發出的嗡嗡迴響，穩定而安篤，廚房即家鄉。

南洋吃煎蕊

檳城喬治市景貴街，有兩家煎蕊檔。當地計程車駕駛，街名說不清，手指街口的「愉園餐室」說：「那裡的煎蕊有名，很好吃。」煎蕊比街道名氣大。

喬治市近年時興在牆上彩繪。景貴街的牆上也有一幅，兩層樓高，用粉藍粉綠色塊，畫出少年圖樣，牆上少年，捧著一碗煎蕊，垂著眼，吃得很專注。地面上是眞實忙碌的煎蕊檔，人們整齊列隊，其他人或站或坐在一旁吃。巨幅壁畫，與街上的小人兒對照，生出比例趣味。

煎蕊是閩南語發音，也常常叫作「珍多」（Chendul）、「珍露」等等的，名稱繁多，大部分來自 Chendul 的音譯。基礎是一種玉綠色的涼粉條，貌似咱們米苔目，口感爽滑。

Chendul 的綠色，是斑蘭葉染出來的，有淺淺的芋香味。景貴街的煎蕊，以碗裝，加碎冰，澆椰糖漿和椰乳，添一勺燉軟的甜紅豆，是經典配搭。配料有人加玉米、糯米、菠蘿蜜或其他有嚼感的食材，但原始版本還是最廣受歡迎。

一般認爲珍多源自印尼爪哇島。另有一說，珍多是印尼人參考華人的米苔目設計的。流傳到大馬，又經土生華人巧手，流變至今。實則東南亞各地，珍多版本無數。頭一回吃珍多，在新加坡的商場，用潮州藍邊碗裝，強調是檳城風味，吃過就喜歡。在曼谷也喝過許多次。台灣中和的華新街，泰緬華僑的小吃店裡也試過，店家將綠色涼粉照片貼在牆上，品名寫成米苔目。越南小吃店的版本，配料多是綠豆，而非紅豆。越籍的女士們聊起來，說在越南本地，這種綠色涼粉，通常還是豆花的佐料。

珍多和米苔目，作法也果眞雷同。原料主要一般是米，偶混木薯粉或其他澱粉的粉糰，推過大孔隙的篩網，篩網下，備水一鍋。頭尾尖尖的短粉條落進去，成型，撈起攤涼卽成。

一碗珍多，恰是一碗南洋的風物選。

珍多粉條、椰乳、紅豆、椰糖漿，加上碎冰。製法不難，原料不多，是很樸直的點心，但很能反應產地限制，離鄉離土後，就強求不來。因此在台灣，不易吃到很好的珍多，原料並不是沒有，唯市面流通不廣，成品就次一階。因此在南洋見到，就多吃兩碗。

珍多粉條的綠色，以斑蘭葉汁調製出來的，應該是梅青色，不算豔麗，若採色素或香精去調，那要多綠就多綠，但是豔而無味。椰漿的最佳版本，是鮮磨的椰乳，不用罐頭的，罐頭椰乳經過熱消毒，香氣總是黯一點，但新鮮椰乳在台灣幾乎沒有。再說糖漿，純椰糖逐年稀有，一塊糖勞力密集，要爬椰樹去採集，接著在滾沸的鍋邊花上大半天攪拌熬煮，南洋熱天如焚，熬糖很苦。如今市面上，假椰糖多過眞的，摻了白糖、紅糖，或以焦糖色素誆人。若採用眞椰糖去熬糖汁，焦香中有野氣，還有厚實的礦物口感。通常還擱一絲鹽，解糖汁的渾濃。

近幾年去曼谷，喜歡住在石龍軍路這帶的華人老區。石龍軍路是曼谷第一條以西方技術鋪設的平整道路，是百年前繁盛的華人商業中心。此區在地鐵開通前，市容一逕古舊，與世有隔，且小吃太好。

住過的幾處旅館，都在偏巷裡，鎮日在街上閒踱。此區少有高樓和百貨商場，市面支應的是當地生活。路上有賣中古汽車零件的，頗似台北赤峰街；有條賊市，在人行道上擺賣來路不明的骨董花瓶和首飾；另外有條街，數間壽材店連棟，幾具黑森森的元寶大棺材就向著街敞置。初經過時，心裡還涼，沒兩天也就習慣了。

石龍軍路上，有創業百年的「悬記涼茶店」，其苦茶和八寶涼茶很降暑毒。悬記旁，是「新嘉坡餐室」，馳名的就是一種綠色的椰汁粉條冰，也是珍多的族人，當地叫「拉昌新嘉坡」（ลอดช่องสิงคโปร์สามแยกเจริญกรุง）。當地人說，拉昌是通道的意思，指的就是這種通過孔隙壓製而成的粉食。

新嘉坡餐室由華人經營，是七十多年老鋪，與新加坡無關，只因過去在新嘉坡電影院旁而名之。在曼谷永恆的盛暑裡，我三、兩天必須去喝一杯拉昌新嘉坡解暑。店東懂華語，電視裡時常播著央視新聞。聽見京腔華語，點評台灣內政，我一面感到窘怪，一面埋頭吃冰。

拉昌新嘉坡僅二十多塊泰銖，簡約價廉。水綠色粉條裝在瘦玻璃杯中，入半杯碎冰，再淋上鮮榨的椰乳。糖漿與不是椰糖而是清淡的菠蘿蜜稀糖漿，由碧綠漸層至粉白，清正且雅。

後來去曼谷蘇泰寺看壁畫，在佛寺旁吃碗湯粉，見一幢由傳統泰式木屋改造成的甜品店，稱 Baan Ka Nom Pang Khing，英文名直譯就是薑餅屋，店以老件桌椅、藍染軟件和竹編燈籠布置，環境很美，許多打扮入時的姑娘在此聊天喝茶。

此鋪供應歐式糕點和泰式甜品，看見也有綠色粉條冰，便試試。

甜品上桌，貴氣逼人，粉條冰以帶蓋的浮雕玻璃碗裝著，有一球椰子冰淇淋，裝飾黃色甜椰絲。糖漿另外以玻璃瓶裝，內容是西式鹹奶油焦糖醬。整套甜品以鍍金高腳托盤端來，那樣的金色托盤，佛具店有售，佛前拿來供香花或水果。

這粉條冰的味道，嘗起來也像珍多，元素大致相似，有斑蘭也有椰乳，唯鹹奶油焦糖醬的口味太洋派，顯得似是而非。他人未必不同意，唯獨我出戲，也許是淸簡的拉昌新嘉坡，或檳城煎蕊的印象太深刻，總覺得這些綠色粉條，就應該泡在深茶色的，又甜又鹹的椰糖漿裡。

檳城購物記事——印度黑鐵鍋

在喬治市買了一口雙耳鐵鍋。說是買來的，其實是聽來的。

怡保到檳城這一段，乘長途巴士到城郊，再換車進城。從海濱寬敞公路，慢慢經過 Beach Street 的英殖民建築，進入街巷。我們沉浸於新鮮景色，一回神，車已堵在人群之間，僅能緩速推進。此為喬治市的小印度區，是日週末，街上人群如潮湧。

小印度區民眾，以印裔穆斯林為主，是大馬第三大族群，多數在英殖民時期移民至馬來亞。檳城華人多，小印度區在其間自成異域。兩線道窄街，夾道是百年歷史的連棟店屋。商鋪將喇叭向外，播送印度歌謠，鼓點清晰，人聲饒美，一街樂音搖曳，有節慶之感。荳蔻和香水味半空沉浮。路人穿著琉璃藍、竹綠、柿紅、藤黃色高彩服飾，領口袖緣，有金銀印花繡紋。聲色繽紛，如手織地毯浮凸的絲線與圖騰。

抵旅館。老屋改建的旅館，建物是十九世紀馳名東南亞的中藥盤商「仁愛堂」舊址。位處邊間，三層樓高，兩面臨路。我們的房間在轉角位置，兩面牆上，開了三扇長窗。窗扇是雙層的，外層是可揭掀的活動木百葉，裡是木框夾玻璃，能阻空調外洩，功能俱備而樣子好看，設計很巧。

透過旅行才短暫駐留這迷人的房屋，外間雖熱，也不捨關窗。下午光線穿窗入室，在木地板上斜斜投射了影子。市井的聲息薰染進來。打檔摩托車的排氣聲和油煙氣，融接寶萊塢式歡快歌曲和路人談笑。人在屋內，如浸浴在五彩街聲之中，聲音即場景。

入夜，闔上雙層窗扇，室內便靜下來。清晨還睡著，眠夢間聽見街上傳來連續的，鏗鏗、鏗鏗的聲響，音色穩篤，鏗鏗、鏗鏗……近如貼在耳邊，遠的又彷彿傳自童年的深井，這聲音我熟，是外婆的「烏鼎」，這是煎鏟於鐵鍋上擊出的聲音。我嬰兒般蜷睡，意識未明而隱約知道，睡久一點，夢便延長。

老家位於城郊，親族都居住在同一塊地上。村子位處畸零地，人口少而靜，因此雖離城不遠，但一直過著半鄉居的生活。外婆生前，家族天天一起開飯，她在三個舅舅家裡，各自設有大面積的西式廚房，以便料理數十位族人的伙食。另將二舅家的房屋外推，搭建出一間舊式廚房，紅色磚砌的大灶，灶頭架支大烏鼎，接猛火快速爐，以支應過節宴客時巨量的食物，如薑酒鴨、炒米粉、糙番薯粉……

外婆操作大烏鼎時，鍋鏟交擊的聲音很響，我兒時對這鏗鏗聲音非常熟悉。外婆仙去十多年，大灶少人聞問，幾年前舅媽修繕廚房，便將之拆除，鏗鏗聲隨時光遠，遠得我幾乎忘了，不料在旅途中一喚即回。

醒來時，天已大亮，鏗鏗餘音還在，好夢成真似的。開窗確認聲音來源，是對街一家炒粿條攤檔。

在旅館大廳吃早餐，供應的是簡易的歐陸式早餐（Continental Breakfast），吐司、穀片、茶和咖啡，我們意外這間古蹟旅館處處細節周到，早餐竟有點乏。因此只取了檸檬水和香蕉，想稍晚或許到街上再找。

一落座，機靈的前台，一位印度姑娘來問：「你們要吃『炒粿條』（Char Kway Teow）嗎？」驚喜。當然答好。原以爲是交代旅館廚房準備，不料印度姑娘竟走出門去，跨到對街的粿條攤去點餐。

對街的粿條攤，就是淸晨聽入夢裡的那一家。老闆接單即炒，鐵鍋發出相同的鏗鏗聲，完成後，親自端著兩碟粿條，跨過街來給我們。美耐皿上墊一片香蕉葉，炒粿條分量不多，黑呼呼地堆著，貌不出衆。本地炒粿條，下黑醬油和辣椒醬，烈火中連續疾炒而成，一嘗，太香了。濃濃不散的鑊氣，燻附在粿條上，蝦仁和雞蛋上，韭菜和豆芽上，一切的一切上。

炒粿條在大馬舉國皆有，但檳城版本很有名氣，外地也時常能見到冠名檳城的炒粿條。停留檳城期間，一吃成爲鐵粉，每天吃上不只一碟。在巴刹（市場）吃它，在茶室裡也吃，乘當地計程車Grab時，遇到一位司機手舞足蹈介紹「興發茶室」的炒粿條，隨機下車，店家本準備打烊，重新開火，爲我們炒了一份。在檳城的一路上，炒粿條的鏗鏗聲，始終不絕於耳。

飯後往街上走，這一帶有蕉葉飯餐館，印裔穆斯林的綠豆薏仁粥，甜點攤車，服飾店，五金行，是完整的印度生活圈。因爲家人託買Garam Masala綜合香料，我們逛進一家什貨店，是三個店面寬的批發大店，店裡一半售印度廚房用品，另一半銷售食材，黃銅和金銀色的盆碗，自地面堆疊成牆。印度酥油Ghee、穀類、麵粉，齊備批發和零售的大小分量。我們要找的Garam Masala綜合香料，有散裝、包裝的，有燒魚肉、羊肉、雞肉的，配方不同，堂堂占據四、五個貨架，很是壯觀。

其中看見了一整落的黑鐵鍋。

黑鐵鍋圓滾滾的。鍋腹圓，把手也是粗圓柱繞圓，草草銲接而成，鍋身鑄成後，邊緣竟無修齊，從水平線側看過去，高低起伏不定。我一提起鍋子，指腹馬上沾滿防鏽的黑油。價格則便宜得令人驚訝。二十五馬幣，時兌約二百元台幣。因爲價廉，收邊潦草的黑鐵鍋，我一眼就喜歡上。它粗陋、亂七八糟，但是坦率而堅固。還沒開鍋，就已半舊不新。鍋的缺陷是人爲的，工匠放過不管，它就長成這樣。就像家長局部野放小孩，不凡事堵著管教，小孩反而長得有意思。世間多的是這種，滿布人性魅力的缺陷，完美光滑的，則未必有。此鍋不羈的鍋緣，使它好玩。

鍋只有約五公升容量，遠遠不及外婆那種十多斤的灶上大鑊，但仍很沉。我的隊友是搬運行李的人，必須和他商量。隊友基於理性，建議擱著想兩天。我們本就預備返台前買齊大馬作家林金城先生的著作，必須合併考慮行李重量。

離開檳城前一日，隊友問：「認眞還想買鍋嗎？」當然啊當然。我立刻樂陶陶地騰出行李，預備裝鍋。返回印度廚具店，在成堆鐵鍋中，選了其中歪斜情況數一數二的一口。抱著鍋排隊等結帳，當時的表情可能太飛揚，身後的印度婦女，手指指我的鍋，豎起拇指。店員幫我用數層舊報紙裹起來，再用塑膠袋紮好。

回程自檳城，轉機吉隆坡，在吉隆坡多待一晚上與人會面，才轉回台灣。買鍋後三天，人與鍋才一起抵家。旅途返來，我一向不忙著歸位行李，讓它在屋裡一角敞著，此回倒是速速取出鐵鍋，準備開鍋。

解開塑膠袋，像剝高麗菜葉那樣，層層卸除報紙包裝。此時竟然有一股印度乾香料味，自包裝中竄出來。確確實實是檳城的那一家印度雜貨店氣味。這口聽來的鍋，竟攜帶著彼國的氣味與聲色，關於它的故事現場，飄洋過海到台北，與我們一起住了下來。

茶室的文法

去馬來西亞一趟的念頭，養了幾年，終於成行。一切始於新加坡的一座茶室，一席陌生對話。

新加坡的加東區，一家八十多年的海南茶室裡，店家安排我們與一對中年男女併桌。

一個老婦人，逐桌兜售小包裝面紙。星國因爲法規限制公開乞討，生活艱難者，改售賣紙巾面紙等物什。問到我桌，我們婉拒。老婦人也許撲空多次，積怨忽地狂燃起來。她以華語衝著我們咆哮許久，用詞怨毒，滿室喝咖啡吃麵包的客人都撇開眼去。罵完她氣沖沖離去，一屋子人還屏住呼吸，只聞吊扇嗡嗡地轉。店家目睹一切，漠無表情，像是常有之事。

我們頗受驚嚇，半晌說不出話。不算犯錯，仍一臉熱辣。直到室內人聲又騰起。同桌的女士，好心出聲與我們聊天，化解一桌霜氣。

女士一身旅行打扮，面目光悅，聲音很脆。她詢問我們國籍，也談自己。她原籍新加坡，先生是香港人，我來自台灣，同伴是泰國人。一桌人來自亞洲四地，遂以英語交談。

她說兒時念的女子中學，就在茶室旁。嫁到香港以後，每返星國，必來喝茶。她聊亞洲各城小吃，清邁的咖哩麵、台北的小籠包和牛肉麵，能聽出是個頻旅行的人，且對食物有很大熱情。

女士說這茶室的味道，和她兒時大致相同，可新加坡許多其他小吃已走味。記得她說若要吃到南洋華人的傳統小吃，或對茶室感興趣，最好去馬來西亞，比如檳城或怡保。

過幾天，在牛車水的小販中心裡，竟與這對夫婦二度遇見。都說獅城地方不大，也有兩個半的台北市面積，巧遇仍不容易。大概是喜歡吃東西的人，會往一處去。女士此番又推薦我們喝一碗蘇東丸湯，試了，覺得味道好，對她印象深刻。世上許多地方都值得去，但實際啟程，需要因緣俱足。遇到合拍的推薦者，也就因緣俱足。

——

在新加坡旅行時，發現傳統茶室已寥寥，被當成特色景點看待，鄰里小店，多是連鎖商號。前文提及的加東區茶室，牆上懸著 Heritage Hero（遺產英雄）獎牌。其菱形水綠色花磚地板、雲石鋪面實木圓桌、南洋曲木椅，乃至涼涼冷冷的招待，無一不是文化遺產。沒兩年，這家店也悄悄歇業，又一英雄成爲往事。

而馬來西亞茶餐室眞不少，幾個街口便一家。我們此行，停留吉隆坡和怡保，終點是檳城。旅程下來進了十幾趟不同的茶室。

茶室裡能見一種常民式的熱鬧，不是遺產，全很鮮活。有上世紀初的景觀，又貼著現代的味蕾，我是個戀舊者，進到這種陳年的場所，覺得特別舒坦。願他們時常在那裡，一直健朗而長存。

落座，需先點飲料。茶室的水吧，提供咖啡、茶和各色冰飲熱飲，堂倌問：「要什麼水？」指喝什麼飲料。

水吧兼售吐司，夾甜稠的咖央醬（Kaya）；另有生熟蛋，是連蛋白都尚未完全凝固的水煮蛋，破蛋殼，蛋汁倒入淺碟，汪汪滑動，撒胡椒，澆醬油數滴，唏哩呼嚕吞下，或拿烤土司蘸著蛋汁吃，配上一杯咖啡或茶，是當地常見的早餐組合。

茶餐室空間，還可分租給其他攤檔。比如吉隆坡的「麗豐茶冰室」，建物落成於一九五三年，茶室與人行道相鄰的邊界，棲居的攤檔，有售牛腩麵的、雞絲河粉的，還有炒粿條、燒臘與小炒。與小販點餐之後，可以在茶室座位享用。

正午炎熱，進檳城「和平茶餐室」稍停歇腿，只點了礦泉水。水吧的安哥（叔叔），彷彿很爲我們可惜。頻問：「要不要試試滷肉（Lobak）？要不要吃蠔煎？我們這兒很有名的。」熱心招呼，幫襯他人生意。大馬的「滷肉」與台灣的同名異義，其實是一種綜合炸物，其中主要的一種，近似台灣的「雞捲」，油炸腐皮肉捲。蠔煎則是福建作法，像雞蛋蠔餅，比較乾香，沒有咱蚵仔煎黏呼呼的地瓜粉皮。

今人講「共享經濟」，指新興網路平台創造的商業活動。但若觀察茶餐室這樣古典的場所，未嘗不是提供平台（空間），與其他小販共享流量（顧客），彼此搭台，共生共榮。這是共享，也是經濟，此外還富於人情。

——

茶餐室對著騎樓開敞，一般無冷氣，天花板上懸著大吊扇。裡外通風，竟也不熱。茶室中人緩慢晃悠，也很清涼。許多茶餐室清晨即開，一日下來，容納了許多聚會與停留。我喜歡看人，一杯茶的時間，便滿足了對俗世人景的張望。

如怡保舊街場的「天津茶室」內，年輕夫婦抱個孩子入店，叫上燉蛋（焦糖布丁），以茶匙慢慢餵入小口；幾位奶奶將兩張圓桌湊近，點心滿桌，作爲聊天燃料，聊留學海外的兒孫成就，聊異國的旅遊。「南香茶室」室內爆滿，必須併桌，遇一位獨自吃雞絲河粉的女子，左手滑手機，右手食粉。食畢僅抬一眼，再叫一碟烤麵包。旁若無人自足完滿，彷彿是獨處，而仍在人間，不同於下班後在三坪半小套房內，叫機車外賣的那種獨處。「新源隆茶室」中兩老漢對坐，偶爾對話，言外多有留白，隙間各自神遊。

茶室無音樂，而聲音不絕：火焰聲、鼎鑊聲、夥計吆喝、人與人團著聊天。一幕人間切片。這麼一處處的茶室聽下來，發現有年歲的男人，話的時常是當年；女人們聊的，則多在眼前。

茶餐室是好地方。我不禁想，倘若台灣也有茶室，與民情也不隔閡。我們如此熱愛自己選配食物，東吃一點、西吃一點。且看台北大稻埕慈聖宮前的小吃街，廟埕遍布白鐵折疊桌。桌上有排骨湯、鯊魚煙、鹹粥、炸豬肝、炒飯，一桌豐盛，來自數家不同攤販。

茶餐室且能棲人。石面木桌，靠背木椅，較小吃攤寬鬆，食物更豐。時常在城裡的咖啡館裡與人見面，時間一長，並非不願意多消費，而是胃酸承受不了無限的奶油和糖、蛋糕或派塔。此時暗想，若能來一碗熱飯，或肉湯，會非常好。渴了有茶，餓了有餐，吃了鹹的，接著吃甜的地方，不就是茶餐室嗎？

於是試想台灣住宅區裡的一爿店鋪，座位三、四十，服務鄰里，供熱茶和咖啡，兼售一點台式麵包，如蔥麵包、菠蘿、花生奶油。店之周圍，數檔小販，售賣紮紮實實的食物，如虱目魚粥，或牛肉麵，或滷肉飯雞肉飯，或米糕肉圓，或水果切盤刨冰豆花……如此各色的人，皆能滿足在外間駐留歇著，或與人會面的需求，又得到基礎的吃喝。

扯遠了。說回茶室的語言。

非本地人，在大馬的茶室裡，首先識得菜單上的文法，才能得一杯稱心的飲料。如同在港澳的茶餐廳裡，看懂餐牌上那些，自英語譯寫再縮稱的生詞，如公司文治（club sandwich）、奄列（蛋包 omelette）、油占多（奶油 butter、果醬 jam、吐司 toast），才能得好些餐食。

然而身爲一個能講閩南語的台灣人，星馬的茶室菜單，是一種貼著母語的聲腔，是好遠又好近，他鄉遇故知。

首先茶室就叫Kopitiam，kopi是咖啡，tiam是店的閩語；茶喚作teh，也是閩語；Kopi O是咖啡烏，指黑咖啡加糖，不擱淡奶。咖啡烏的烏，就是「天烏烏」的烏。

茶室的文法，是混種文法。茶室的吃食，亦是混種的吃食。如烤麵包抹上咖央醬，一種甜抹醬，體例來自西方，是英殖民時期的卡士達醬。原材料含雞蛋、牛乳、香草、白糖。東南亞有時將雞蛋置換成味濃的鴨蛋；牛乳改椰漿；香味元素如香草，以斑蘭葉替代，帶著淺淺芋頭香氣；捨白糖，入本地椰糖（Coconut Palm Sugar），椰糖將咖央染成茶色，有太妃糖似的，繁複多層的焦香。咖央自此從卡士達隊伍出走，形似而獨立，徹底成爲南洋口味，一件土生土長的全新事物。

茶室的文法，是來自移民、殖民、住民的撞擊與摻混，內化生根成全新傳統。這類彼此摻混，最後成爲常態的事，咱台灣人也有既視感。我們吃涼麵，麵是福建式黃鹼麵，醬是芝麻醬，配湯竟常常是日式味噌湯。喜宴頭盤的冷碟，五味九孔和烏魚子旁，是生魚片。咱早餐可以是豆漿燒餅，午餐吃意麵配魚丸湯燙青菜，晚餐來上一碟越式排骨飯。

亞洲近代史裡的天災人禍，將人們成群搬移。穿越大海，和命運的凶險，活下的人，在異地重建生活。白手起家難，拼貼擇揀，才生出因地制宜的生存本事，濃縮在茶餐室的吃食裡。須知要撼動高大上的政治威權多麼困難，修改食譜可能容易。族群衝突的傷害久瘀難消，味蕾上比較可能跨族和解。茶餐室裡，處處是常民做主的、拼貼的自由。自由貴在不覺不察，如吃飯喝水。而茶餐室，我感覺很是這麼一處自由的場所。

แต้เล่าจิ้นเส็ง 鄭老振盛

บวช คำเดียว
บวชฟรี
บวชพระเข้าพรรษา วัดภาวนา ภิรตาราม

YEW MING RESTAURAN
30000 IPOH
年
月
日
30-8-19
寶號
先生
蒙光顧

後記與致謝

如今這集子要成了，一時恍惚。我這個業餘者，寫得晚，且寫得慢。書中文章，我的媽媽不曾讀過任何。倘若媽媽還在，估計我什麼也不寫，安守本業，享受家中飯菜和時光，將大把歲月揮霍掉也不可惜。

自本書出版的春天往回推，我媽過世整五年了。五年來我一直感到我們共存的時間海水退潮般往後，人還在往前走，地平線卻不停後退。若沒留下點什麼，簡直束手無策。因此看待此書的方式頗爲物質，將從前光景，落成幾萬黑字，可保存攜帶一段時間，較我的記性牢靠。

我所處的時代，眾聲喧譁，人在其中常站不穩。這本書寫家中老人、老菜、老物件、菜市場，及這些「老派」事物如何在生活下樁，穩定自我。起點單純，若對他人有益，也是好事。

後記原不打算寫。然而不寫，要謝的人就謝不到了，故這篇後記也是謝辭。

首先謝我媽媽柯妙比，與外婆柯賴阿蘭。

因時代造弄，我不及她們的天資，卻獲百倍的栽培，故今天我是寫故事的人，猜兩老若能寫寫自己，必加倍好看。跟在她們身後，很是幸運。但不敢言將此書獻給我媽媽和外婆，實在是與她們帶給我的閃亮童年，以及飽滿日常生活相比，一本小書太寒傖了。

謝謝舒國治先生、馬世芳先生爲書作序，蔡珠兒女士的短文推介。推薦人詹宏志先生、韓良憶女士、簡媜女士。諸位是國寶，作爲新人、晚輩，作爲各位的讀者，承蒙尊敬的前輩作家鼓勵。恩重如山，自己未來要多長進。

謝謝《上下游副刊》的古碧玲總編輯，《上下游》是我最初發表處，不僅將素人文章刊登在創刊號十分狂野，且若無古總編這些年的出題敦促，本書過半文章也寫不出的。在此一齊感謝將我引介給《上下游》的陳斐雯和曹麗娟老師。

再謝遠流編輯團隊，本書因各位溫柔照料，打理枝葉，終於能出來見人。

最後感謝先生。我一直以爲婚姻可畏，但原來遇上合適的人，就不擔心。

洪愛珠　二〇二一年三月，五股家中

國家圖書館出版品預行編目 (CIP) 資料

老派少女購物路線 / 洪愛珠著 . -- 初版 . -- 臺北市 :
遠流出版事業股份有限公司 , 2021.04
面 ;　公分 . -- (Taiwan style ; 66)
ISBN 978-957-32-8998-2(平裝)

863.55　　110003163

Taiwan Style 66

老派少女購物路線

作者——洪愛珠

編輯製作　台灣館
總編輯　黃靜宜
主編　蔡昀臻
美術設計　洪愛珠
美術編輯　邱睿緻
行銷企劃　沈嘉悅

發行人　王榮文
出版發行　遠流出版事業股份有限公司
地址——104005 台北市中山北路一段 11 號 13 樓
電話——(02) 2571-0297
傳真——(02) 2571-0197
郵政劃撥　0189456-1
著作權顧問　蕭雄淋律師
輸出印刷　中原造像股份有限公司
2021 年 4 月 1 日　初版一刷
2024 年 3 月 1 日　初版二十刷
定價 360 元

ISBN 978-957-32-8998-2
遠流博識網 http://www.ylib.com　E-mail: ylib@ylib.com